デッドヒート Final

須藤靖貴

ハルキ文庫

JN210774

角川春樹事務所

デッドヒート Final

〈主な登場人物〉

走水剛　東京オリンピック男子マラソン日本代表。駅伝の新興校・修学院大学を経て、現在、青葉製薬営業部所属の二十八歳。暑さに対する強さを買われ、「第三の代表」に滑り込んだ。

ケニヤッタ　ケニア代表の秘密兵器。ロングスパートを武器に金メダルを目指す。

阿久純　京都の大学に留学し、暑さの中でマラソンの練習を積んだ。

時崎太郎　「チームAKU」監督。青葉製薬陸上競技部元監督で、マラソンランナー育成の名人。

常盤木浩　剛とは中学時代の同級生。高校・大学とライバル校で鎬を削り、実業団の名門・上新製麵から青葉製薬へ移籍。現在は「チームAKU」コーチとして剛を支える。

丸千葉輝　持ちタイム最上位で日本代表のエース。大学駅伝の名門・美竹大学出身の二十四歳。

乾公美　高卒で実業団入りしたマラソンのエキスパート。東京下町生まれの二十五歳。

走水龍治　陸上ジャーナル記者。雑誌の企画で、剛にゆかりのある人々へインタビューする。

走水温子　剛の父。プロ棋士、現在九段。独特の断言調でしゃべる。

飛松紀世彦　剛の妻。旧姓・雨嶋。剛とは同期入社の、元「青葉のマドンナ」。

幸田優一　NHKアナウンサー。修学院大学陸上競技部では剛の後輩で、あだ名は「ファンキー」。

　剛と太郎とは、中学の陸上部でチームメイト。剛とともに上州南陵高校陸上部に入るが、三年生のときに交通事故死した。

1

暑い。暑い。暑い。

言葉が三つ重なる。

おれたち東京オリンピック男子マラソン日本代表の三人は、だだっ広い控え室の一角に陣取っている。

エアコンはあるようだが稼働していない。控え室は体育館を縦に割ったように細長く、前後で大型扇風機が一台ずつ首を振っている。控え室は三つあり、約百名の各国代表が振り分けられている。

午前六時半。屋内は暑くない。それでもわざと「暑《あち》い！」と言い合っている。三人でそう決めた。

一か月前、元日本代表選手を囲んだ食事会があった。「競技場に出るまでの一時間が、最高に緊張する。逃げ出したくなる」と元代表の一人は言った。万全の準備を尽くしているのに、しっかりと走れるのかどうか不安で仕方がないと。しかも、控え室には各国代表がひしめいていて、独特で最強の重い緊張感が漂っている。「一刻も早くスタートしたい！」と思ったそうだ。レース前に緊張しすぎると、プレッシャーから逃げるために走り出すことになる。

それは違うんじゃないか。

そこでおれたちは思案し、緊張感を刺激するような言葉、会話を禁止した。

「いよいよですね」とか、「給水のとき、やっぱりスピードが落ちますよね」とか、「ケニア勢の最初の揺さぶりは何キロ地点でしょうか」とか。そういうことは一切話さない。「暑い！」を連発して余計なことを考えないようにした。日本の夏の暑さにプレッシャーを吹き飛ばしてもらおうというわけだ。

アメリカ代表の一人がにやにやしながら近づいてきて、「アティ？ってなに？」と聞いた。英語堪能《たんのう》な常盤木《ときわぎ》が「マラソンの神様を微笑《ほほえ》ませる魔法の言葉」と答えると、アメリカ代表は「アティ、オーケー」と大げさな笑顔を見せた。

東京オリンピック最終日、男子マラソン。

あと六十分でスタートだ。

各国の代表たちはなんとなく各々一塊になっているが、それぞれはそっぽを向き合っているように見える。そこへいくと、日本代表は尻を床に付けて三人が顔を突き合わせている。おれは足首をゆっくりと回している。

「暑いですね。まだ、そうでもないですか」

常盤木浩《ひろし》が言う。持ちタイムナンバーワンの、日本代表のエースだ。扇風機の風がこちらに向くたびに、さらりとした髪が揺れる。目鼻立ちの整った美男だが、あごひげが表情を引き締めている。

「いや、この時間にしては暑いですよ。今日も猛暑だ。三十分ごとに、ウナギのぼりで暑くなりますよ」

丸千《まるち》葉輝《ばあきら》がそう言ってあくびをした。こちらは常盤木とは対照的にさっぱりと短髪だ。東京下町生まれで威勢よくしゃべる。

常盤木と丸千葉は文句なしの選考で代表入りした。ともに百八十センチを超える長身で脚が長く、トラックのスピードもある。常盤木は岩手生まれ。名門・美竹《みたけ》大出身で、箱根駅伝では三年四年とエース区間の2区を走った。丸千葉は高卒で実業団入りし、マラソンに照準を絞ってきた。

「そうだ。明日でも明後日でも、走り終わったらすぐに店に来いって、ウチの伯父《おじ》が言ってました。病院で点滴を受けるよりも、絶対に回復が早いって」

丸千葉の言葉に、常盤木は朗らかに笑った。おれも笑顔になった。丸千葉の伯父さんは鰻屋《うなぎや》「川千葉《かわちば》」の店主で、三人で数回暖簾《のれん》を潜った。美味《うま》い鰻だった。白焼きが独特で、山葵《わさび》ではなくにんにくの千切りを薬味にする。これが抜群に美味い。にんにくを薬味にすると鰻の甘さが際立つ。

「ビールをしこたま飲みたいね」

おれは舌なめずりして言った。鰻の話をしていると喉《のど》の奥で鰻の香りがした。これまで白焼きと蒲焼《かばや》きを何枚も食ったが、さすがにビールや酒は控えた。ガス釜《がま》で炊いたメシがまた美味かった。

「じゃあ、メダルおごりで。払いはいい色のメダルを獲《と》った人持ちだ」

丸千葉が言って、三人で笑った。

すると、甘いコロンの香りが近づいてきた。

「リラックスしとるね。他に笑ってる人、誰もいないよ。コンディション、良さそうやん。日本の三人、マークやね」

妙にやさしげな関西弁。ケニア代表のケニヤッタだ。おれたち三人の目を順繰りに覗《のぞ》き込み白い歯を見せた。

「今日は涼しいんやないかな。このまま気温が上がらないで欲しいもんやね」

「甘い甘い。八時には暑くなる。折り返し地点では猛暑だ。そのへんで、リタイアして、浅草見物でもしててくれないか」

丸千葉が笑顔で言った。

ケニヤッタも小さい顔いっぱいに笑みを浮かべている。白い歯が爽《さわ》やかだ。ケニア人の笑顔はいつ見ても人懐っこくていい。

「仲間の二人はリタイアするかも。彼らは高地育ちやからな。せやけどぼくは平気。ぼく、人生の後半は日本人やった。京都の夏、もっと暑いよ」

ケニヤッタはケニア代表の秘密兵器と言われている。京都の大学に留学し、四年間を日本で過ごした。箱根駅伝を走るために関東圏の大学に留学する外国人学生は多いが、ケニヤッタは上洛《じょうらく》した。それで妙な関西弁をしゃべるわけだが、大学時代からマラソン練習に特化してきたという。日本の暑さを身に染みて知っている。

丸千葉はケニヤッタと大会で何度か顔を合わせていて、ずいぶんと親しいようだ。

「ケニア勢はおとなしくしていてくれ。おれたちでメダルを独占するから。他のアフリカ勢にも伝えておいてよ」

「それはアカン。金《きん》はぼくのもんや。ぼくは暑さに強いんやから。金メダル獲ったらすぐに京都に帰るよ。友達と鱧《はも》を食べるんや。あんなに美味いものはないで。鱧とビールや。日本の夏の楽しみやね」

おれたちは声をあげて笑った。似たようなことを考えるものだ。

ケニヤッタがすらりとした背中を見せて立ち去った。脚が長く、黒光りする肌が美しい。

さあ、そろそろアップの時間だ。

おれたちは立ち上がった。

○日本代表・走水剛《はしりみずたける》を語る①
磯部清《いそべきよし》（日本陸連・強化委員会男子中長距離・マラソン部長）

東京オリンピック男子マラソン代表を応援するインタビュー集です。代表にゆかりのある方々にお話をうかがいました。

走水剛選手を担当するのは乾公美《いぬいくみ》（陸上ジャーナル編集部）です。

まずは選考の内幕にスポットを当てるべく、磯部部長にご登場いただきました。

今大会も、決してすんなりとした選考とは言えませんでした。もっとも難航したのが「第三の代表」選びです。

選考レースでそれぞれ優勝した常盤木浩、丸千葉輝はともに歴代代表をしのぐ好タイムで、文句ナシの代表入りでした。

問題はもう一枠。

読者諸賢もご存じのとおり、走水選手よりもタイムの良い選手は数名いました。それなのになぜ、走水選手が「第三の男」に選ばれたのか——。磯部部長にうかがいました。

「走水は暑さに強い。そこにつきます」

「それだけが選考理由というのも。国民の納得が得られないという意見もあります」

「暑さに強い。これは最強の特長です。六年間かけて、代表候補選手のあらゆる身体データを取りました。東京オリンピックは特別なレースです。気温三十五度以上の、尋常ならざるマラソンです。体感温度は四十度を超えるでしょう。メダルを獲るためには、従来のタイムによる選考だけでは不十分です。そういった理由もあり、関係者ほぼ全員の一致をもって、走水剛を選ぶことになりました」

「……例の、非公開レースの結果も、関係していますよね」

「選考済みだからもう情報解禁ですが。一昨年夏、猛暑の熊谷《くまがや》でシークレットレースを行ないました。酷暑の中、走水が優勝しました。しかも、レース後の検査ではどの数値にも異常がなかった。他の選手はみな嘔吐《おうと》するほど疲弊していたのに、です。本番では、暑さに加えて、想像を超えるプレッシャーが選手を襲います。プレッシャーは内臓を揺さぶります。その点でも、走水の内臓の強さはピカ一でした。代表三名のうち、暑さに強い選手が絶対に必要なのです」

「暑さに強く、そこそこのタイム、ということですね」

「ケガらしいケガがないところも評価点でした。抱えているのは腰痛くらいで、足の故障がない。その腰痛も巧《うま》くコントロールできている。ご存じのとおり、ケガに泣かされる代表は案外多い。代表になると、どうしてもオーバーワークになる。オーバーワークは必ずウィークポイントに影響する。一所懸命に練習すれば練習するほど、ケガの危険に近づきます。代表のジレンマです」

「走水さんの徹底的な腹筋強化は、腰痛要因の軽減にも一役買っているようですね。あと、独特な入浴法で疲労を溜《た》めない工夫もあると聞きました」

「高炭酸入浴でしょう。あれはいいアイディアですが、ちょっとやりすぎかな（笑）。炭酸系入浴剤を定量の二十倍くらい使って湯を飽和状態にするんですから。一般にはお薦めできません」

「効果が大きい代わりに、コストも大きそうですしね（笑）」

「暑さに強いこと。ケガに悩まされていないこと。この二つは、東京オリンピックで勝つためには重要です」

「走水さんの長所はよく分かりました。ただ、今泉《いまいずみ》選手との代表争いは、後味の悪いものを残したのではないでしょうか」

「その点は、走水にはまったく罪はない。今泉の自滅です。しかし、今泉が自滅せずとも、われわれは走水を選びました」

「あの件、報道も錯綜《さくそう》していました。本当のところを教えていただけますか」

「マスコミの報道はだいたい当たっています。今泉議員から陸連にえげつない外圧がかかり、われわれはもちろん峻拒《しゅんきょ》した。天下の東京オリンピックで、そんな卑怯《ひきょう》なことをするなど言語道断。バチ当たりもいいところです。関係者全員が呆《あき》れ果てていましたよ」

「同感です。ですが先ほど、『今泉の自滅』とおっしゃった。父親の今泉秀雄《ひでお》議員ではなく、御子息の今泉正《ただし》選手のことですよね」

「そのとおり。今泉正の自滅です」

「どういうことでしょう。もっぱら、バカ親の政治的ゴリ押しばかりが原因と考えられてきましたが」

「親と子は別人格ですから、その点は今泉にも罪はない。最終的に、今泉と走水の二人と面談しました。今泉はこう言った。『代表に選ばれることが目標』と。これが自滅です」

「そこがゴールというのも……。代表という経歴を引っ提げて、将来は政界に打って出るということでしょうか。とりわけ東京オリンピックなら、代表に選ばれただけでインパクトがありますからね。そういう打算が見え見えだったのですね」

「呆れました。代表がゴールだなんて、そんな了見で苛酷《かこく》な東京オリンピックを戦えるわけがない。猛暑を理由に途中棄権するに決まっている。そんなバカ者を選ぶはずがない。先ほどの親子の因果の見解は撤回します。まさに、あのバカ父にしてこのバカ息子ありですよ。まったく、バカにつける薬はありません」

「で、走水さんはなんと答えたのですか?」

「金メダルを獲ります、と」

「雲泥の差ですね」

「月とスッポンです」

「第三の代表争いは、僅差《きんさ》でもなんでもなかったのですね」

「そういった意味では、案外すんなり決まったとも言えます。タイムのいい優等生でタイプの異なる二人と、タイムは平凡ながら暑さに強い一人。当日の天候や気温がどうなっても、誰かが必ず行ける。いいバランスです」

「それでも、走水さんのベストタイムについて疑問の声もありますね。争ったのが今泉さんでなければ、選考は難航したんじゃないですか」

「意地の悪い質問だな(笑)。目に見えないタイム短縮がある。暑さに強いことで二分、ケガがないことで二分。計四分は縮められる計算です。常盤木や丸千葉とのタイム差は五分弱だから、大差ありません」

「なるほど。結果的にベストの選考だったということですね。そういえば、あの三人、すごく仲がいいですよね」

「仲、いいですよ。もちろん、それぞれライバル視しているとは思うんですが、従来の代表間にはない、いい雰囲気です。調整方法を教え合ったりね」

「それは、なぜですか。年齢も微妙に違うのに。常盤木さん二十四歳、丸千葉さん二十五歳、走水さん二十八歳ですよね」

「別に陸連が指導したわけじゃなく、自然と仲が良くなった。走水のタイムが一段落ちるのが大きいのかな。常盤木、丸千葉は優越感を持つ。しかし走水は劣等感を持たない。代表選手同士が鎬《しのぎ》を削るのもストレスになりますから、そういうのを避けようと思ったら、自然とこうなったんじゃないですかね。レース中の連携なんかも話し合ってるみたいですよ。オールジャパンの心意気でしょう」

「素晴らしいことです」

「三人とも食い道楽でね。あっちこっち一緒にメシを食いに行ってるみたい。丸千葉の親戚が荒川区で鰻屋をやっていまして。月に一度は三人で鰻を食べるそうです。この前も、三人で二十四近く食べたそうですよ」

「それはすごい！」

「猛暑の夏を一緒に勝ち切ろうという連帯感があります。とにかく、今回の日本代表は別格です。八年近く、東京オリンピックを目標に準備してきたんですから。そんな国、他にありますか？　表彰台独占も夢じゃない。オールジャパンで、必ずメダルを獲りますよ」

2

真夏の空だ。

薄い雲がうっすらと笑っている。こういう日は蒸し暑くなる。

東の空から日差しが迫っている。朝七時の太陽は結構高い。

「この夏一番の猛暑になるで」

昨日の夕食後、阿久純《あくじゅん》監督が嬉《うれ》しそうに言った。四時ごろ、夕立が降った。

「日のあるうちの雨や。あんなもん、焼け石に水や。この時期の東京は夜になっても気温が下がらん。蒸し暑さだけが残って、明日の朝を迎えるわけやな」

なぜ阿久さんが嬉しそうなのかというと、おれが暑さに強いからだ。

それにしたって限度がある。史上もっとも苛酷なマラソン、なんて言われている。暑い暑いとマスコミも嬉しそうに煽《あお》る。こっちの身にもなってくれ。暑いのは構わないけど、普通の猛暑くらいでいい。

白い代表ユニフォームをまとって競技場のトラックに出てしまえば、あっという間に時間が過ぎる。

日本代表は揃《そろ》って赤いシューズを履く。

シューズのラインは白。白と赤だけをまとって走る。これは陸連のアイディアだ。

レース後半、疲れてきて目線が下がるときがくる。そのときには前方集団の足元を見て走る。シューズのデザインで日本代表がどこにいるのかが分かる。

おれの足元は高校からずっとブルーだった。だから足元の赤には違和感がある。信号の青はゴーで赤はストップだし。でもまあ、陸連が決めたことだし、日の丸日本を背負っているんだから仕方ない。

調子は……悪いわけがない。

この日のために練習してきた。この日のためだけに。

ただ、絶好調というわけでもない。

晴れは晴れだけど、薄曇りでどんよりとした気分だ。ちょうど今朝の東京の空のように。

関係者控え室に目をやると、阿久さんがじっとこっちを見ている。

陸連が揃えた白いTシャツに白いパンツ。他のコーチはキャップも揃いの白いものをかぶっているが、阿久さんはいつもの黒いキャップだ。

キャップのツバが下を向き、かすかにうなずいたように見えたから、おれははっきりとうなずき返した。

マラソンで一番難しいのがコンディション調整だ。

レース当日、最高の力を発揮できるように、長い時間をかけて調整する。ここが難しい。いくら日本記録を持っていても、コンディション作りに失敗したら、ポテンシャルと努力が水の泡となってしまう。

本番当日、最高の状態にピタリと合わせること。これができるかどうかで勝負が決まる。だからマラソンは大人の競技と言われる。

そんなことは、長距離選手ならば誰だって知っている。おれだって、大学時代から調整法を試行錯誤してきた。

そういった経験を、おれは阿久さんに全部話した。

「ところがやね。今回の相手はオリンピックや。そう簡単にはいかへんのやな」

代表入りが決まったとき、阿久監督はそう言った。

「おまえさんの調整法はざっくりと大雑把《おおざっぱ》で、それはそれでおまえさんらしくてエエんやが、東京オリンピックではそれは通用せん。プレッシャーが違う。箱根駅伝やマラソン世界大会の比やない。男子マラソンは最終日にやるやろ。キング・オブ・オリンピックや。日本中の期待が、おまえさんたち代表の背中にのしかかるんや。プラス、世界からのアンチの期待もや。いくらおまえさんがアホでも、眠れん夜が何度も訪れるんやな。日に日にプレッシャーの重さで疲弊してくるわけや」

代表入りしても、阿久さんはおれをアホ呼ばわりする。コーチの太郎《たろう》も、いつもと変わらずに「バカ！」を連発する。

「せやから、必ずオーバーワークになる。代表に選ばれるランナーは例外なく真面目《まじめ》で勤勉やから、プレッシャーを吹き飛ばすには練習しかないと思うわけやな。精一杯やっとるのに、まだまだ足りんと思ってまう。ここが落し穴で、その先には故障が口を開けて待っとるんや。そやから、ちょうどエエ塩梅《あんばい》の調整法が必要になるわけや」

具体的には、限界近くまで追い込む練習をした後、最も調子が良くなるのは何日目なのかを模索した。

「限界近くまで追い込む練習」とは、ずばりマラソン、四十キロ走だ。

だから何度も試みることはできない。数回やってみて、おれの感覚と阿久さんの経験、そして太郎の客観的意見を採り入れ、「四十キロ走の一週間後」となった。もちろんその間もスピード練習を軽くやるわけだが、一週間後が最も脚が素軽かった。

二か月前、そのタイミングで運よく真夏日になった午後、トラックでフルマラソンの距離を走った。しかしタイムは芳しくなかった。

たしかに脚が素軽く、前半は快調だった。それで二十キロ地点からロングスパートを仕掛けるから、二時間九分を切る自己ベストが出るんじゃないかと思った。

ところが。肝心のロングスパートが冴《さ》えない。

次第に疲労が押し寄せて、脚に力が入らなくなった。一週間前の四十キロ走の疲労がぶり返してくるような感覚で、結果は凡走に終わった。

ところが、阿久さんと太郎の表情は晴れやかで満足気だった。

「たいてい、こうなるわけや」

阿久さんが言った。

「脚が素軽くて、前半をスイスイ走ったやろ。わずかやがフォームが弾んどった。知らず知らずのうちに、必ずそうなるんや。自覚でけへん程度の上下運動や。これが後半、全身の疲労につながるんやな。もしこれが本番やったら、もっと上下に弾んどる。気持ちも弾んでまう。今日はイケるで、思うてしまうわけや。本番の落し穴や。過度の期待に、舞い上がってしまうんや。オリンピックのプレッシャーの裏返しやで」

理屈は分かった。

で、どうしたか。

凡走の一週間後、またマラソンを走った。その間はスピード練習はせず、いきなりスパートする二十キロ走（即スパ）を二回もやった。

だからマラソンのスタート時、脚はちっとも素軽くなかった。疲れはぎりぎり取れているけど、下半身がどんよりと重かった。

しかし、前半は我慢してしぶとく走っているうちに脚の重さが取れてきて、二十キロ地点からのロングスパートが鋭く切れた。羽が生えたよう、とは言い過ぎだが、ウソのように脚が軽くなったんだ。前の週よりも五分近くタイムが縮まった。

この調整法を、今日まで計三回こなした。

そういうわけで、本番スタート前の今、両腿《りょうもも》が少し重い。

おれの調整法を常盤木、丸千葉に話すと、ともに目を丸くして驚いた。

五月から七月半ばまで、四十キロ走を六回が常識的なセンで、常盤木は八回、丸千葉は七回走ったという。ただし七月後半からはスピード練習ばかり。二人とも、絶好調で今日を迎えたのだ。

「理屈は分かりますけどね。コワくて、とてもできませんよ」

常盤木が言った。

「スタートは、できる限り軽い状態で迎えたいですよね。それに、後半で脚が軽くなるかどうかなんて、走ってみなけりゃ分かるもんじゃない。ずっと脚が重いままで、四十キロ過ぎで軽くなっても手遅れだ」

丸千葉が言う。そのとおりだと思う。

「ロングスパートが武器の走水さんじゃなけりゃ、できませんよ」

常盤木が言って、丸千葉がうなずいた。優等生ランナーにはイチかバチかのギャンブルに思えるのだろう。

おれは苦笑した。考え方の違いは持ちタイムの違いからくる。

二時間六分台で走れるランナーは、自己記録更新を狙《ねら》う気合いで脚を素軽く調整してスタート地点に立てばいい。

あとは……やっぱりおれはギャンブラーが率いる〝チームAKU〟なんだ。イチかバチかでなければ、金メダルは獲れない。

阿久さんは言った。

「マラソンを走るときにはいろんな条件があるわな。体調、ケガの具合、気候なんかやが。すべて絶好調いう場合、意外と凡走するもんや。一つ二つ、不安要素があったほうがエエ。途中、その不安が解消するときが必ず来る。エエか。マラソンランナーの二時間と、一般人の二時間はまるで違うんやで」

阿久理論はこうだ。一般人が走るスピードは速くて時速十キロ。マラソンランナーは倍の二十キロだ。だからマラソンランナーは倍速で生きている。マラソンの二時間は一般人の四時間以上に相当する。四時間もあれば気分も体調も変わる。へえ、と思うけど、いつものへリクツにも聞こえる。

「マラソンランナーの二時間は普通とは違うで。不安要素を克服したろいう感じで、身体《からだ》と精神に気合いが入るんや。スタートからゴールまで、同じ調子いうことはまずありえへん。スタート時点で絶好調いう場合、あとは下り坂や。山あり谷あり。人生と一緒や。後半勝負いうところも人生と一緒や。不安要素は……二つくらいがエエな。東京オリンピックは、猛暑が共通の不安要素や。おまえさんは、プラス〝やや重〟。これでちょうどエエ。不安要素が三つやと、ちょっとキツいけどな」

なにがなんでも絶好調に仕上げろ、と言わないところがいい。

不安要素なんてないほうがいいに決まってるけど、こういう話を聞くと、気持ちに余裕が生まれる。そんなもんかと思えてくるから不思議だ。

もうすぐスタートだ。

日の位置がもう高い。

各国の代表が所定のポジションに集まってくる。

神宮の朝の匂《にお》いに、甘い香が漂う。

刺激的で、日本ではちょっと経験したことのない匂い。外国人選手の体臭とコロンとが混じり合った匂いか。分類すれば〝匂い〟じゃなくて〝臭《にお》い〟なんだろうけど、おれはこういうのが嫌いじゃない。ふと、四年前にケニア・ナイロビに初めて降り立ったときの町の匂いを思い出した。

常盤木と丸千葉と、そしておれの口から「暑い！」の声も消えた。

いよいよ東京オリンピックの大トリ、男子マラソンが始まる。

やっぱり緊張する。そりゃそうだよな。

緊張というより興奮だ。

やっとここに立てた。

胸が高鳴る。

無性に嬉しくなり、笑顔を作った。

代表選出から今の今まで、ずっと緊張状態だった。

それが今、解き放たれる。

いや。代表選出からじゃない。高校のときからだ。

おやじの前で、「オリンピックで金メダルを獲る」と宣言してからだ。

ついに、この日が来た。

レース前に眠れなくなることはないが、さすがに昨夜は寝つきが悪かった。

それでも九時には眠りに落ちた。今朝は三時起き。やっぱり緊張しているのか、いつもよりも眠りが浅い感じがした。

脚は少し重いけど体調はいい。食欲も旺盛《おうせい》だった。

スポーツサングラスを装着し、おれは腹の底に力を込めた。

「セット！」

掛け声がした。

ランナーがスタート地点に集まる。

ランナーの並び順は抽選だ。おれは三列目の真ん中。常盤木と丸千葉はおれよりも前にいる。

スタートの並び順にこだわるマラソンランナーは多くない。先頭だから有利というわけでもないし、後尾だから不利というわけでもない。

スターターがピストルを宙に向けた。

午前七時半。

高い音が弾ける。

全身を覆っていた緊張感が弾け散る。

歓喜の合図だ。

息を吐くときの短い気合いが揃う。

風景が動き出す。

歓声が降り注いでくる。

○日本代表・走水剛を語る②
阿久純（チームＡＫＵ・監督）

「監督、いよいよオリンピックですね」

「いよいよやな」

「史上最も苛酷なマラソン、なんて言われてますね。走水さんは、なんといっても暑さに強い。猛暑は大歓迎ではないですか」

「普通の猛暑ならエエけどな。飛び切りの猛暑やと、棄権者続出や。気温三十五度なら、三割くらい棄権するんちゃう？　そんな中でメダル獲っても、なんやケチがつきそうやないか」

「自信満々（笑）。頼もしい限りです。棄権が多くても価値は下がらないと思います。北《ペ》京《キン》大会でも二十名くらいリタイアしてますし」

「まあ、走水は棄権だけはせえへんやろな。しぶとく粘ってもらいたいわ」

「統計では、レースのある八月上旬は猛暑のピークです」

「猛暑も日本中の期待に応《こた》える、ちゅうことかもしれんな」

「朝七時半スタート、少し涼しいですね」

「中途半端な時間や。ホンマに暑さを避けるつもりやったら、日の出とともに五時スタートやで」

「猛暑日でも、朝だけは涼しい日がありますよね」

「もしそうなら、そこが落し穴や。いっそ正午スタートくらいが良かった」

「猛暑真《ま》っ只中《ただなか》じゃないですか」

「気温の安定が大事なんや。七時半スタートなら、たしかに出だしは比較的涼しいかも分からん。せやけど日が昇ってからの東京は暑いでぇ。浅草の折り返しを過ぎて八時半やろ。どんどん気温が上がるやん。九時過ぎたら太陽ギラギラやで。序盤でスイスイ行ったモンは、あとで必ずバテる」

「暑くなる前に、タイムを稼いでおこうと」

「それが人情や。そこを我慢できるかどうかやろな」

「阿久さんのレース戦略、とても興味があります。ちょっとだけ教えてくれませんか。走水剛のレースプラン。ちょっとだけでいいですから」

「エエで。オレとキミとの仲や。特別に教えたろ。せやけど八月九日の午後まで待ってな。どこぞの居酒屋で全部教えたるから」

「失礼しました（笑）。レースプランを聞くのは禁じ手でした。でも走水さん、ロングスパートで勝負するんですよね」

「戦略は日々進化しとる。本番でどうするかは誰にも分からんよ」

「では、ずっと走水さんを見てこられて、暑さに強いのはなぜだと思われますか」

「そんなもん体質やろ。胃腸が強いから、どんなに練習で追い込んでも、食欲はまったく落ちひん。普通は嘔吐するような猛練習やのに、あいつは絶対に吐かへん。走ると内臓が揺れてメシが食えなくなるもんやが。そういうことは一切ない。丈夫な身体に産んでくれた親御さんのおかげや」

「その素晴らしい体質に、磨きをかける努力があったわけですよね」

「独自の腹筋強化メニューで、さらに内臓を保護できとるようやが。まあ、体質やからな。磨くも磨かんもあらへん。言うたら、体質に気質が合わさって、ようなったんやろな」

「気質？」

「えらい生意気そうな顔しとるけど、あれで案外素直なんやな。ほとんど文句を言わん。あいつの口は、物を食べるためだけにある。しっかりと、よう食う。食ったもんは絶対に吐かん。弱音も吐かん」

「そういう気質ですか。練習方法に文句を言わないと」

「練習方法と言っても、あれこれ指示するわけやない。あいつは言われんでも勝手にやりよる。ケニアに二年間行っとったわけやけど、高地トレーニングだけでは満足せず、わざわざ湿気の多い猛暑の海岸線まで行って、砂浜を走っとった」

「高地トレーニングは、キツいけれども涼しいですからね。それを走水さんは工夫して解決したわけですね」

「勝手にやりよるから、危なっかしい。それで、監視するコーチをつけたわけや」

「時崎《ときさき》太郎さんですね」

「いいランナーは、放っておくと必ず走りすぎる。基本、みんな真面目やからな。まだまだ練習が足りん、思ってしまうんや。目標が大きければ大きいほど、そうなるもんや。せやから、オーバーワークぎりぎりで止めるのが監督・コーチの大事な仕事なわけや。そのためには、ランナーの走りをいつも見てなあかん。ちょっとしたフォームの崩れをすぐに指摘せな。足音や息遣いの違いで、調子の善《よ》し悪しが分かるようなコーチが理想なんや。調子が悪いときには、すぱっと切り上げる。ブレーキをかける。その見極めが自分一人じゃでけへんのや。特に走水はノーブレーキボーイやし。その点、時崎は中学のころから走水を見とるからな。並走もしとる。東京オリンピックのコースも、二人で試走しとる。これほどの適任者もおらんやろ」

「時崎さんも現役のランナーですものね。よくコーチを引き受けましたね」

「親友やしな。ケンカばかりしとるけど、エエ感じのコンビや。せやけど東京オリンピックまでの期間限定や。あいつも走水に負けんくらい、よう走っとるよ」

「次は時崎さんにお話をうかがうことにします。どうもありがとうございました」

3

集団の真ん中、各国のユニフォームに囲まれながら、おれは足を出した。始まった。ついに始まった。

走り出してしまえば、オリンピックもヘチマもないと思っていたけど、緊張感が重い。トラックを蹴《け》るのが自分の足じゃないようだ。

結構なスピードでトラックを回る。

冬の大会に出たとき、ユニフォームの色に面食らったことがある。統一性のない色彩が一斉にスタートして圧倒された。その点、夏のマラソンはいい。スポーツサングラスが色彩の揺れを消す。

最初のコーナーで外に出た。ざっと前に二十人くらい。

自国開催だし、スタート直後はトップに立って声援に応えたい——とはならない。常盤木と丸千葉の後ろ姿にもそんな浮ついたところはない。

おれもそうだ。脚が〝やや重〟だから。

塊になってトラックを回る。メーンスタンドにさしかかると、「タ・ケ・ル！」と野太い声援が降ってきた。

青葉《あおば》製薬か修学院《しゅうがくいん》大か。上州《じょうしゅう》南陵《なんりょう》高陸上部も応援に来てくれている。

顔を向けて声援に応える余裕はない。

ただこのタイミングで、自分の顔が弛《ゆる》んだのが分かった。

阿久さんの予想がいきなり外れた。

集団がバラけない。

「暑いと、人間は知らぬ間に空間を空けてまうもんや。くっついてると、それだけでストレスになる。いわゆるパーソナルスペースの確保や。マラソンはスタートからゴールまで、さまざまなストレスがかかるから、さほど重要やないところでは、極力ストレスを避けようとするもんや」

昨日の夕飯の席でそう断言した。隣りで太郎もうなずいていた。その予想があっさりと覆された。

あと十秒で競技場を後にする。でもまだバラける感じはない。

「常盤木、丸千葉、走水！」

「一番先に戻ってこいよ！　誰でもいいから！」

大声援に見送られて競技場を出た。

トキワギ・マルチバ・ハシリミズ。いい語呂《ごろ》だ。

背中から朝日に照らされる。

やっぱり朝は涼しい。神宮の森の爽やかな空気が頬《ほお》にぶつかる。

朝日が椰子《やし》の木を照らす。椰子のイラスト。ハワイアンカフェの看板だ。

常盤木、丸千葉と三人で何度もコーヒーを飲みにきた。ハワイコナの香りが高く、分厚いパンケーキも美味かった。

三人で外苑《がいえん》をジョギングした。カフェはその集合場所だ。

コーヒーの酸味を感じた。コナコーヒーの風味。条件反射だ。スタート直後だから、気持ちにもまだ余裕がある。

コース上にある美味い店をマーキングした。

そのために、この二か月、三人で度々メシを食いに行った。レース中、店の看板が目に入れば気持ちも和む。丸千葉のアイディアだ。

約二時間後、ここを通る。へとへとで帰ってくる。そのときにも条件反射が起きるだろうか。

神宮の森を走る。サングラス越しに見る濃い緑がいい。

常盤木と丸千葉の位置はすぐに分かる。目線を左下に下げると赤いシューズが二組み、力強く地面を蹴る。赤を履く代表はおれたちだけだ。

さらにもう一つ、阿久さんの予想は外れた。

「暑いから、みな先頭を避ける。優勝候補は特にや。熱風避《よ》けやな。それで比較的力の弱いランナーが前に出されるわけや。間違っても、先頭に押し出されたらアカンで」

先頭は三人。ケニア勢が二人とエチオピア代表。バリバリの優勝候補だ。そのすぐ後にケニヤッタがいる。

優勝候補が先頭を避けない。

阿久さんの予想が当たろうと外れようと、とりあえずはいい。

コースは何度も試走した。

太郎ともジョギングしたし、一人でも走った。一度、温子《あつこ》と二人で片道を歩いた。都心を約二十キロ歩くと結構疲れる。走ればなんでもない距離だけど。

カーブの多いコースだ。

国立競技場を出て北上、新宿通りを右折し、四ツ谷駅を左に入ると外堀通り。

市谷、飯田橋を回って東京ドームを左に見て、水道橋を右折。

ここから皇居まで南下し、そのまま二重橋を回り、東京タワーを目指すようにして走ると大門だ。

ここで翻って第一京浜を北上。新橋、銀座、日本橋を行き、神田を過ぎたところで靖国《やすくに》通りを右へ。

総武線と並走しながら浅草橋交差点を左折。

隅田川に沿って江戸通りを北上すれば、折り返しの雷門だ。

阿久さんのコース把握は大雑把だ。

「ドーム・タワー・ツリーのコースや。序盤は東京ドームを目指す。ドームを過ぎたら東京タワーが目標や。ほんで次はスカイツリーや。後半は東京タワーに引き返し、ドームを回って競技場や。シンプルなもんや」

このコース、おれは三浦半島に似ていると思う。東京ドームは藤沢あたりで、東京タワーが三浦。スカイツリーは東京の位置にある。銀座が横須賀、日本橋が横浜あたりになる。

序盤は位置取りが大事だ。

先頭集団中ほどの右外に付けた。左側に他のランナーを置くポジショニングが好きだ。おれの場合、この位置で目線が安定する。

目線をどこに置くか。定点観測だ。マラソンランナーにとっては大事なことだ。

相手や風景を見るんじゃない。自分の走りを見る。上下に揺れずに走れば風景が平行移動する。身体が揺れると風景も弾む。景色で調子が分かる。

神宮の風景がすっと流れていく。

渋い出だしだ。気持ちは前へ前へ行っているのに、脚が重い。

神宮の森はすぐに過ぎる。右にＪＲ信濃町駅、左に慶應《けいおう》病院。

外苑東通りを北へ。淡々と集団が進む。

ここからは東京のビルの風景だ。

沿道の歓声がすごい。七時台だというのにすごい。

左門町を過ぎ、新宿通りに出る。「四谷三丁目」を右。

日が目の前に出てくる。

キーになる交差点表示は必ず見る。

集団がバラけない序盤、集団に付いていくのに必死で余裕がない。後半だって余裕はないけど、風景が励みになるときがある。

額に汗が浮いてきた。

もう日差しが強い。湿度も高い。

いやな暑さだ。

暑い時間帯を避けての七時半スタートだが、徐々に暑くなる感じがいやだ。最初から猛暑のほうがいい。

四ツ谷駅前を左へ曲がると風景が開ける。

外堀通りだ。

ここから市谷まで、ゆるやかな下り坂が続く。

コースにはアップダウンが見事なほど少ない。その中で、唯一の傾斜がここだ。

行きはいい。右を総武線の黄色い車両が走る。電車に負けないくらいのスピードで駆け下りる。

でも、帰りは必ずツラくなる。

最終盤にこの上り坂が立ちはだかる。

そんなことを考えて左をうかがいながら走る。外堀通りの背景はビルばかりだ。

集団が快調に飛ばす。

速いんじゃないか？

下り坂ということを差し引いても、かなり速い。

おれは位置を保ち、付いていく。

左に見える各国代表の頭が上下に弾んでいる。遊園地のメリーゴーランドのように。

おれの身体は弾まない。じっと平行移動をしている。

一歩一歩、気持ちを込めて。

一歩一歩の積み重ねが徐々に脚を軽くする。そう信じて。

「前半二十キロは、おまえさんの場合はウォーミングアップや。集団に付いていくだけでエエ。レースプランとしては、ホンマにシンプルやろ」

阿久さんの能天気な口調がよみがえる。

いつものように、「昨日はどこにもありません」の詩のリズムで足を出す。

今日のおれの流儀も決めてある。

いつもとは違い、細かく決めた。

十キロ地点までは「昨日はどこにもありません」でいく。

二十キロまでは、「グリーンサラダが食べたいな」の替え歌。温子のお気に入りの曲だ。詞も曲も爽やかで、軽やかに走れる。今はちょっと脚が重いけど。

ロングスパートを仕掛ける二十キロ地点。浅草・雷門からは、「誰かに感謝しながら走る」だ。

代表に選ばれて、代表って言葉の意味を考えるようになった。

おれはマラソン日本代表だが、おれを支えてくれる大勢の人たちの、その代表でもある。

おれを支えてくれた人の代表として、東京オリンピックのマラソンコースを走る。「おれが走る」じゃなくて、「おれは、走るパートを任された代表」なんだ。

外堀通りがフラットになる。

脚が重い。

「早くしやがれ」

自分の脚に悪態を吐《つ》きたくなる。

集団に食らい付いて足を出す。

まだ苦しい時間帯じゃない。でもちょっと違和感がある。

「昨日はどこにもありません」の詩のリズムが、いつもよりも早回しだ。

先頭のケニア勢が速いんだ。

イニシアチブを取られている。

ただし、やつらの得意技は〝揺さぶり〟だから、いきなり仕掛けてきたと思えば、別に不思議でもない。

阿久さんの予想はまた外れた。

「この猛暑や。絶対にスローペースになるで。一流選手はみな我慢するはずや」

スローにならんやん。速いやん。エラい速いやん。絶対、言うたやん。

前提が違った。暑いことは暑いけど、ピーク前の暑さだ。日差しはたいしたことはない。

みな、これから猛暑になることを知っているんだ。

涼しいうちに飛ばして、距離を稼ぐ。

しかも序盤に格好の下り坂がある。

だからハイペースなんだ。

阿久さん、そんなことも分からなかったのか。

「読み抜けやな」

阿久さんが頭の中に出てきて、言い放った。

阿久さんの予想、ここが一番大事だったんだけど。

まあ、いい。

タイムアウトを取って監督に文句を言うわけにもいかない。

阿久さんの予想、基本的に外れるから。

前のほうで「ピザ！」と声がした。丸千葉だ。

苦しいのに笑みが浮かんでくる。

左にイタリア料理店の洒落《しゃれ》た外装が見える。

三人プラス太郎で試走したとき、この店に入った。美味いピザだった。大きなピザを四人で十八枚平らげた。みんなで一本だけ軽めの赤ワインを飲んだ。

飯田橋の五叉路《ごさろ》を過ぎた。

高速の影を跨《また》ぐ。一瞬だけ日差しから解放される。

高架からはドライミストが幕のように降りている。そういう仕掛けだ。

コースには高架が多い。鉄道や高速の高架を潜るところが片道十六か所もある。

そのすべてにドライミストが設置された。コースどりに関係なくミストの恩恵に浴せる。

東京は空を遮るものが多い。それを逆手に取ったナイスアイディアだ。

日本代表は帽子をかぶらない。冷気をダイレクトに享受するためと、水気で帽子が重くなるのを防ぐためだ。サングラスには撥水《はっすい》加工が施されている。

飯田橋から後楽園までは涼しい。右上に並行する高速が影を作ってくれる。

序盤は涼しい。だからペースが速い。

「このへんまでは、東京ドームが目標や」

阿久さんはそう言ったけど、ドームなんてまったく見えないぜ。左の奥に後楽園の黄色いビルが見えるだけだ。

まだ脚が重い。外堀通りも我慢だ。

黄色いビルを通過。

ここは高架じゃないけど、一瞬日差しが消える。JR水道橋駅と東京ドームを結ぶ陸橋の幅が広いんだ。ただし陸橋の上に旗を振る人はいない。立ち入り禁止なんだろう。

「水道橋」だ。正面左手にある高校の窓ガラスが朝日を反射する。

「頑張れ、日本代表！　常盤木、丸千葉、走水」

窓ガラスを仕切るように垂れ幕がある。高校生に感謝！

右折して白山通りへ。JRの高架を潜る。ミストの幕を一瞬で突破する。

初めて南を向く。目の前に日が出てきた。

白山通りは道幅が狭く、両脇に銀杏《いちょう》並木が繁る。外堀通りよりも走りやすい。

ここからはひたすら南下だ。

おれは左腕のランニングウオッチに目をやった。

速い！　体力温存なんて、誰も考えてない。

涼しいうちに素っ飛ばして、あとは出たとこ勝負ってわけか。

厚い雲に日が隠れて、それほど気温は上がらない――ってこともないことはない。「とにかく、飛ばしたれ」とケニア勢が行った。集団はそれに従った。マラソンは生きものだ。レースの呼吸が分かるようになった。ワクワクしてくる。

昨日はどこにもありません
あちらの箪笥《たんす》の抽出《ひきだ》しにも
こちらの机の抽出しにも
昨日はどこにもありません

この名作を、おれは即座に替え歌にした。

確かな予想はありません
阿久監督の禿頭《はげあたま》にも
太郎の賢い頭にも
確かなものなどありません

出来はイマイチだがリズムはいい。これを唱えて白山通りを走った。

○日本代表・走水剛を語る③
時崎太郎（チームAKU・コーチ）

「走水さんとは中学から一緒だということで。とても仲がいいですね」

「どういうわけか縁がある。宿世《すくせ》の縁とでも言うのでしょうか」

「箱根駅伝では二度も同じ区間を走っています。特に四年生の復路10区、ゴール前のデッドヒートは伝説です。時崎さん（文英大）が二位、走水さん（修学院大）が三位でした」

「あのバカが襷《たすき》を外して走ったせいで、こっちはちっとも目立たなかった。あいつには、そういう人を喰《く》ったところがある」

「たしかに（笑）。優勝した美竹大のアンカーよりも走水さんの猛追のほうが話題になりましたね。あの映像は何度も繰り返し流れました。あれを観《み》ると、どうしても走水さんに目が行きます」

「そういう男なんです」

「しかし、それが縁で走水さんは青葉製薬へ行くことになりました。青葉で阿久さんに会ったことが、大きかったように思えます。元々は、時崎さんと上新製麺《じょうしんせいめん》に入る予定だったんですよね」

「勝手な男です。いつもそう。ぱっと気が変わっちまう。誰にも相談せず決断する。慎重さゼロ。ま、あいつは天才棋士の息子だから、仕方がない部分もありますけどね」

「その延長で、時崎さんが上新をやめて青葉に入ったわけですけど。面白い巡り合わせですね」

「その件では、あいつに助けられました」

「さしつかえなければ、経緯をお聞かせいただけますか」

「上新でスランプに陥り、くすぶっていたんです。いろいろあって、あいつが阿久さんを紹介してくれました。待ち合わせ場所は東京競馬場ですよ。スランプ脱出などの話は一切せず、競馬の話に終始しました。阿久さんも人を喰っている」

「阿久さんらしい（笑）」

「阿久さんに会って、タケルと阿久さんのコンビは、ちょっとどうかなと思いました」

「どういうことですか」

「阿久さんはマラソン指導の名人かもしれませんが、言葉が足りないところがある。阿久さんの中の緻密《ちみつ》さを選手に伝える丁寧さがない。タケルは大雑把な男だから、それでは伝わらない。二人の間に通訳が入らないとうまくいかない。そういうことです」

「時崎さんは通訳に適任ですね。チームＡＫＵの三人の関係性は、とてもいいなと思っていました。では、時崎さんから見て、走水さんのランナーとしての最大の長所はどこですか」

「上半身がブレないところですね。三十キロを走って疲れてきても、体幹がしっかりとしている」

「腹筋が強いんですね」

「おそらく世界最強です。あいつは腹で走る。身体の軸が決してブレません。それと、ネック。首の筋肉がしっかりしている。マラソンは重い頭を支えながら移動する競技ですから、その土台が強ければ走りはブレません。具体的には言えませんが、あいつのネック強化法は筋金入りです」

「修学院大の油谷《あぶたに》監督発案のトレーニング方法ですね。たしかに、走水選手の首は太いですね」

「しかも、あいつの頭は軽いでしょう。だからますます走りが安定する。そこが最大の特長です」

「そんな（笑）。真顔で、そういうことをおっしゃるんですね。フィジカル面の強さは分かりました。メンタル面はどうでしょう」

「みみっちいところがない。巧く立ち回ろうとしない。そのへん、変わってるかもしれません」

「不器用ということですか」

「いや、ちょっと違う。目の前にあることを一所懸命にやる。手を抜きません。練習に優先順位をつけたりしない。四十キロ走と腹筋、同じようにやります」

「なかなか、できないことですね。どうしても優先順位を付けてしまいますよね。むしろ、そうした方がトクなんだ、と」

「メシを食うのも風呂に入るのも一所懸命です。そういう男は、信頼できます」

「先ほど『あのバカ』とおっしゃいましたけど。そう感じることが多いんですか」

「しょっちゅうあります」

「これぞ、というエピソードをお聞かせください」

「……大学一年の初夏。五千メートルの記録会のときでした。タケルの前を行くランナーが転倒した。それをあいつは助けたんです」

「走っている最中なのに？」

「うずくまるランナーを起こしてやった。だいじょうぶか、なんて声をかけて。しかもその後、転倒したランナーに抜かれたんです」

「ロスタイム、大きいでしょうね」

「呆れて、レース後に注意したんです。注意というか罵倒《ばとう》ですが。そうしたらあのバカ、こう言った。『レース中だろうとなんだろうと、目の前で転んだ人がいれば助ける』と。

まったくの無反省ですよ」

「そういうところでも、優先順位を付けないんですね（笑）。阿久監督は走水さんに『アホ！』と言いますね。天下の五輪代表に向かって『アホ』と『バカ』とは」

「マイナスとマイナスを掛けると、プラスになります」

「なるほど（笑）。つまり、走水さんは能力の絶対値が大きいわけですね」

「オリンピックの日本代表ですから」

「東京オリンピックで、メダル獲得以外に、時崎さんが走水さんに期待することはなんでしょう」

「そうですね。バカ、アホということに関係するんですが。マラソンの一番素晴らしい点ってなんだと思いますか」

「逆質問ですか（笑）。……レース当日に向けて、コンディションを完璧《かんぺき》に整えるということだと思います。数か月間、生活のすべてのベクトルをレース当日に合わせること。これが難しい。難しいから素晴らしい。大人の競技と言われる所以《ゆえん》です」

「そして、それを前提として、いつだって違う自分と出会えることです。ラクなマラソンというものはありえない。ランナーは常に全力で臨む。言い換えれば、マラソンは、その人間の〝全力〟を暴きだす競技です」

「素晴らしいお話です」

「走水剛は、レースごとに成長しています。必ず、それまでの自分の限界を超えてくる。その都度、〝全力〟が上がっている。そのへんが、あいつのすごいところかな」

「先ほど、『勝手な男』とおっしゃいましたけど、代表三人の中で予定されたプランと違うことをやる代表は走水さんしかいないと思うんですね」

「勝手なことをやらかして、期待を上回ればいい。楽しみです」

「ほんとうに楽しみです。ありがとうございました」

4

銀杏並木を過ぎた。靖国通りと交差する「神保町」を突っ切る。

ここを左折して神田に出るとショートカットになる。マラソンってのはわざわざ遠回りする競技だ。

神田では蕎麦《そば》を食った。常盤木の好きな作家が贔屓《ひいき》にした店だ。

美味いことは美味いけど、盛りが少なく、二箸《ふたはし》でなくなってしまう。だからおれは十枚平らげた。常盤木も丸千葉も同じくらい食った。

すると、頑固そうな店主が出てきて、「食い過ぎだ！」と怒鳴ったんだ。金は払うし蕎麦屋でせいろを重ねて悪い道理はどこにもない。「だったら盛りを多くしろ。みみっちい商売をするな」と言い返してやった。店主は「なにおっ！　金はいらねえから、出ていきやがれ！」と激高した。おれは諭吉一枚をテーブルに叩《たた》きつけ、勢い良く席を立った。常盤木も丸千葉もすぐおれに続いた。今思うと、もり一枚五百円としても諭吉一人では足りなかった。天麩羅《てんぷら》も食ったし。三人で神保町まで歩いて、口直しにカレーを食った。

後で知ったことだが、その蕎麦屋はおやじのお気に入りでもあった。東京での対局の翌日、昼酒と蕎麦を楽しんでから上州に帰るという。つくづく、おれとおやじの相性は悪い。

皇居が迫る。

東京の空はビルばかりだが、皇居の上だけはぽっかりと広い。神保町を過ぎると空が徐々に大きくなる。

右にある出版社のビルにも、応援の垂れ幕が出ている。

「頑張れ、日本代表！　行ってらっしゃい！　でもすぐに戻ってこい！」

洒落た励ましだ。

高速を潜って内堀通り。皇居を右に見て走る。

ここが一番気持ちがいい。

ビルが消え、左右の空が広い。

柳の木は涼やかだし、松がきりっとしている。

前半戦は、いい風景が右側にある。

集団の並びに変わりはない。

ペースは速いまま。先頭はスピードを固定したようだ。

内堀通りでもまだ脚が重い。このペースはツライ。

おれ以外は躍動の走りだ。やつらの頭が弾んで見える。さっきよりも躍動感がある。

この風景のせいか。内堀通りは市民ランナーの聖地だ。日本人じゃなくても弾みたくなるのか。

二重橋を過ぎる。

おれは弾めない。詩のリズムで足を出す。

ずっと詩を唱えているのに、ときおり余計なことが頭に浮かぶ。

今、さらに揺さぶりをかけられたら苦しい——。

おれは心の中で激しく首を横に振った。

ネガティブなことを頭から追い出すために、詩を唱えている。起こってもいないことをシミュレーションするから不安になる。

ミストシャワーを潜る。冷気が気持ちいい。

高架以外では内堀通りに数か所ある。

皇居の風景に別れを告げ、公園を左、「日比谷」を右へ。日比谷通りを行く。

ここは目線は真っ直ぐ上、東京タワーだ。

東京タワーの懐へ走る。

「内幸町《うちさいわいちょう》」、「西新橋」を過ぎる。

このへんは高架がなく、風景が広々としている。

日比谷通りあたりで脚が軽くなる——予定だったけど、まだだ。

十キロ地点。ランニングウオッチを見る。

速い。

真冬のマラソンのペースと大差ない。

御成門《おなりもん》を過ぎ、右に増上寺《ぞうじょうじ》。そこを左折。

JR浜松町の後ろから朝日が差してくる。

左前方から「レバー！」と声がした。

常盤木だろう。ねっとりと甘い味覚が口の中によみがえる。

左の路地に焼き鳥屋がある。大門と言えば焼き鳥だ。

つくねもぼんじりも美味いが、レバーが最高だ。ねっとりと甘く、焼き加減も絶妙だ。

常盤木が見つけてきた。常盤木の嫁さんも長距離ランナーで貧血に悩んでいた。貧血予防にはレバーだ。夫婦で都内の焼き鳥屋を回ると、ここの味が金メダルだった。おれは幸い貧血には悩まされないが、レバー串《くし》を十本食べた。ビールは一杯だけ。オリンピックが終わるまではアルコールは節制モードだ。「レース後は、串一本につき生ビール一杯飲みたいですね」と丸千葉が言った。そのとおりだ！

すぐに「大門」を左折。

道が広い！

第一京浜だ。

大学四年、箱根駅伝復路10区で走った思い出の道だ。

ただしあのときは、無我夢中で素っ飛ばして風景なんて見ていなかった。

胸が熱くなる。この暑いのに鳥肌が立つ。

ここから浅草まで一気に北上する。

日が右から直射する。

第一京浜に入っても、集団内の位置取りは変わらない。

ここでも阿久さんの予想は外れた。

「太陽さんの位置が変わる場面に要注意やで。折り返し地点や。ここで仕掛ける選手が必ずおる」

折り返しは浅草。

それ以外だと、南・東・北とコース角度が急変する大門だ。

「浅草が要注意やが、そこはおまえさんがスパートをかける地点やから関係ない。往路の大門で仕掛ける選手がおるかもしれん。前半の揺さぶりや。このへんでひとまず先頭に立ったろ、いうことや。せやから、絶対に反応したらアカンで」

でも誰も仕掛けない。

そんな甘いペースじゃないんだ。

競馬の予想と一緒で、阿久さんの読みは外れてばかりだ。

でもそれでいい。肝腎なところだけ当たればいい。

「金メダル、必ずいけるで」

これだけ当たればいい。

不安はどこにもありません
走り出したらありません
後悔反省ありません
それをやるのは後のこと
第一京浜走るだけ

次々に替え歌が浮かぶ。脚は重いけど、調子は悪くない。

目線はトップのケニア勢のあたり。小さい頭の間から、北へ延びるコースを見る。ときおり目線を左前に落とす。二組みの赤いシューズが目に入る。

それにしても賑《にぎ》やかだ。沿道の応援がずっと途切れない。

みなが小旗を振るから忙しない。

サングラス越しでも旗の白さが分かる。すごい光景だ。

右側に目立つ塊が出てきた。

橙《だいだい》色の塊。鮮やかな色合いだ。夏みかんのディスプレイかと思った。

「走水！」
野太い声が揃う。
その横に薄いブルーの塊。修学院大だ。
さっきの夏みかん軍団は橙大か。
箱根駅伝で競ったライバル同士。油谷《あぶさん》監督と水野《みずの》監督はすごく仲が悪かったけど。
思い出の場所で、一緒に待っていてくれたんだ。
箱根10区ではゴール間近のポイントだけど、今はまだ前半だ。でも気合いが入った。
胸がますます熱くなる。脚に力が籠《こ》もる。
だが――。
十五人の集団が縦長になってきた。
わずかに上下に躍動する群れが、徐々にばらけていく。
固まっていた丸が、楕円《だえん》になるように。
円が分裂する。
前に七人。後ろに八人。
おれは後ろの最後尾だ。
すぐに前後の差が開いた。
瞬きする間に情況が変わる。

赤いシューズが遠ざかっていく。
常盤木と丸千葉は先頭集団で粘っている。
集団の差は二十メートルくらい。
これ以上離されたらツラい。
脚に力を込めた。
でも最後尾から動けない。いっぱいいっぱいだ。
差が三十メートルに開いた。
それ以上は開かない。
先頭が少しだけスピードを上げた。でもすぐに自重した。
ツラいながらも、ワクワクしてきた。
これぞオリンピックだ。
世界最高峰の駆け引きだ。
右上の太陽をチラと見た。
サングラス越しの真夏の太陽は、少しだけ優しく見える。

○日本代表・走水剛を語る④
走水龍治《りゅうじ》（父親、将棋棋士　九段）

「代表入り、おめでとうございます」

「めでたくはありません。勝負はこれからです」

「失礼しました。走水九段らしい教育方針があるとお聞きしました。目標を言葉にする、という」

「言葉に出せば、自己規定につながります。日々の過ごし方が決まる。曖昧《あいまい》な言葉を使わず、断言することが大切です」

「見事、東京オリンピック日本代表の座を射止めたわけですが、それも明言した効果ですね」

「いや。アレが言ったのは『オリンピックの男子マラソンで金メダルを獲る』です。スタートラインに着いたに過ぎない」

「頼もしいかぎりですね。ちなみに、『マラソン応援券*』は買われましたか？」

「ええ。アレの金《きん》に十万」

「金の単勝ですか！」

「本人が金を獲ると言っていますから」

「さすがは走水九段ですね。さて、お父様から見て、剛さんの、一番の長所はどこでしょうか」

「欠点ばかりの男で、長所は見あたりません」

「そんな。堂々の日本代表ですから。努力と集中力は相当なものでは？」

「最上級の努力は当然です」

「そうおっしゃらずに（笑）」

「ひとつあった。良い嫁を娶《めと》った。長所というより僥倖《ぎょうこう》でしょう」

「人間的魅力が大きいからではないでしょうか」

「欠点ばかりだから、見てはいられないと思われるのでしょう。アレは人の善意に甘えている」

「そんなことはないと思います。時崎さんが言っていました。目の前にあることを一所懸命にやるから信頼できる、と。些細《ささい》に思えることでも、いい加減に取り組むことがない、と」

「時崎君こそ信頼に足る男です。人の長所を理解できるのは、その長所を持った人間以上ということです。一所懸命ということだが、所詮《しょせん》は自分のことだけです。アレには時崎君のような人間的な大きさがない」

「厳しいですね（笑）。ですが、走水さんのもとに、良い人が集まるのはたしかなように

い方々です」

「いい友人も多いようですが、なにより、お世話になった陸上の指導者はすべて素晴らし

思えます」

「阿久さん、修学院大の油谷さん、ですね」

「中学のときの清崎尚子《きよさきなおこ》さん、高校の入江薫《いりえかおる》さん、大学の油谷賢《けん》さん、そして阿久純さん。清崎さんが一番厳しく、上に行くに従って厳しさが薄れていったと。アレがそう言っていました。長距離走は自主性がすべてだから、それでいいんでしょう」

「特に阿久さんはユニークな指導法で知られています。走水選手との相性は抜群ですね」

「わたしへの質問ではないでしょう」

「失礼しました。レース当日は、どこで応援されますか。やはり、競技場でお待ちになるんですか。ご家族みんなで」

「八月九日は対局日です」

「対局は十時からですね。千駄ヶ谷の将棋会館は競技場に近いじゃないですか。朝の七時半スタートですから、お時間を作れるのでは?」

「そんなに近いんですか」

「近いじゃないですか！　歩いて十分です。これも、吉兆じゃないですか。そうだ。九時四十五分くらいに走水選手が戻ってきたら、対局に間に合いますね。すごいタイミングで

すよ」

「対局は電車の出発とはわけが違う。間に合えばいいというものではない。気持ちを整えて盤に向かわなければ対局相手に失礼です。アレはアレでしっかりやるでしょうから、応援なんて要りません」

「勝負の世界に生きる走水九段としてのお話には感動いたしました。ですが、一人のお父様としてのお話もうかがいたいんです。代表に選ばれたのはとてもとても素晴らしいことです。走水さんがここまできたことへの感慨をお話しいただけませんか」

「アレは金メダルを獲るように走ります。しかし相手がいることだから、そう簡単ではない。万全の準備をしていても、その瞬間その瞬間で局面は変わります。そこを、しっかりと乗り切るでしょう。人間としてのすべてが試されます」

「そうですね」

「あなたは陸上の専門家だから当然知っていると思うが、マラソンというのは家の建築にたとえられるそうですね」

「はあ?」

「元日本代表の方に聞いた話です。完成から逆算して、準備期間が決まる。基礎工事をやり、しっかりと柱を立て、外壁も完璧にする。屋根をかけ完成したところが、マラソンで言えばスタートラインです」

「はい、はい」

「しかし、大雨やら嵐《あらし》やら地震やら、苛酷な自然の脅威にさらされ、家はどんどん疲弊していく。安普請ならば潰《つぶ》れてしまう。本当にきちんと建てられた家だけが生き残るという。マラソンの苛酷さを端的に表す話です」

「最後は、人間力の勝負ですね」

「準備してきたものがすべてはぎ取られてボロボロになる。そこで初めて、アレの本当の力が顕《あらわ》れます」

「走水さんなら、やってくれますね」

「今、アレを応援しているのは、身内だけではない。あなたが言ったような〝良い人〟ばかりでもない。日本中の期待を背負っています。その期待に応えなければいけない。アレの全力がどのくらいのものか、顕《あら》わになります」

「期待しています」

「期待に応える。それが東京オリンピックです。前の東京オリンピックもそうでした。わたしは母のお腹《なか》の中で応援していました。ウエイトリフティングの三宅義信《みやけよしのぶ》さん、トータル397・5キロを挙げて金メダルを獲った。三宅さんは日本中の期待に応えました。三宅さんが挙げたのは397・5キロじゃない。もっともっと重いものを挙げたんです」

「三宅さんは金メダル確実、と言われていて、すごいプレッシャーだったと思います」

「アレも、重い期待に応えなければいけない」

「あまり、プレッシャーをかけないほうが（笑）」

「甘やかしてはいけない。アレは日本国民の代表です。それでダメなら、そこまでの男です」

「心より、期待いたしております」

＊マラソン応援券……スポーツ庁が発券する東京オリンピック・日本代表限定のスポーツくじ。一口千円で十八歳以上が購入できる。単勝（三代表のうちだれが何メダルを獲るかを当てる）と複勝（三代表のうち一人を選び、メダルを獲れば的中）がある。なお三代表ともメダルに届かなかった場合、全額が国庫に入る。

5

給水を取った。冷たい水が美味い。
身体に水を入れた途端、全身に暑さを感じた。
ふっと身体が軽くなる。水と入れ代わりに、まとわりついていた重いものが蒸発する。
悪くない。でもまだ脚は重い。
水を我慢してきたから、そう感じるだけだ。
新橋の高架が見えてくる。
新幹線が空を横切る。
「昨日はどこにもありません」に別れを告げた。十キロ地点を過ぎている。
いつもありがとう！　今日も世話になった！
スイッチするのは、温子お気に入りの曲。
グリーンサラダが食べたいな　綺麗《きれい》なレストランで

出会ったころ、温子が口ずさんでいた。

メロディと歌詞が瑞々《みずみず》しくて、一発で気に入った。タイトルも歌手も分からない。温子もそのフレーズしか知らない。それでいい。温子が口ずさむから好きなんだ。

すぐに替え歌が頭に浮かんだ。

鰻の白焼き食べたいな　みんなでニンニク醤油《しょうゆ》で

胸の中で苦笑した。この忙しいときに。

替え歌のほうは、あんまり爽やかじゃない。

大事な本番の最中、食べ物のことばかりを考えて走っている。

それがいいらしい。

温子の知り合いの脳科学者の説だ。

「苦しい状態で何を考えるかは重要です。楽しいこと、好きなことがいいでしょう。マラソンのように長時間の競技には特に有効で、走り終えたご褒美を考えると気持ちが前向きになります。食べ物が一番です。金や名誉よりも好きな食べ物です。体力の限界を超えて頑張る場合、脳はブレーキをかけて生体を守ろうとする。しかし、脳に好きな食べ物のイメージがあると、脳はブレーキを緩める。頑張った末に栄養が入ってくると思うからです。

人間の一次欲求のメカニズムです」

　本当かよと思う。

　それを常盤木、丸千葉に話すと、二人は感心した。

「信じたほうが楽しいじゃないですか」と丸千葉。それでマラソンコースにある美味い店を探索したんだ。

　もちろん、レース中に食欲が湧《わ》くことはない。走り終わったら鰻でも焼き鳥でもたらふく食べたい。ただ、グリーンサラダは別。これだけはいつでも食べたくなる。

　温子の笑顔が浮かんでくる。ベリーショートの髪型が爽やかでいい。

　いい嫁だ。

　温子はすんなりと走水家に溶け込んだ。

　母さんとはいい感じになるとハナから確信していた。問題はおやじだった。

　ところが。おやじはすぐに温子を気に入ってしまった。

「いい嫁を娶ったな。おまえには分不相応だ。まさに金星だ。素晴らしい出会いに感謝しなさい」

　などと言う。

「温子さんは笑顔がいい。明るさにケレンがない。一つ一つの行動が笑顔を裏切っていない。判断が早く、きびきびとして清々しい。女性にありがちなケチケチとしたところがない。しっかりとたくさん食べるのもいい。ダイエットなどというみみっちい了見がない」

おやじがこれだけ褒め言葉を並べるのを初めて聞いた。

その温子から、レース前に気になることを言われた。

「金メダル獲ったら、その後、どうすんの?」

そんなこと、獲ってから考えればいい。

金メダルが最高の目標だから。

「それじゃ、あかんのよ」

温子が笑顔を収めておれを見つめた。

「二十八歳やろ。メダル獲った後、二倍三倍の時間を生きるんやからね」

一緒になって一年半。まだ子どもができない。いつまで経《た》っても独身気分でいるように見えるのだろうか。

「ちょっと、怖いんよ」

温子は言った。

金メダルを獲れば、名前も顔も全国に知れる。マスコミに持ち上げられ、見ず知らずの人にも讃《たた》えられる。日本中から誉《ほ》めそやされる。それで浮かれて自分を見失う――。

そういうことかと返すと、温子はやけにゆっくりとうなずいた。

「おれは浮かれない。マスコミの露出は阿久さんに任せる。阿久さん、出たがりだし。しっかり休んで、次のレースのことはそのときに考えるよ」

「そうはいかへんのよ。東京オリンピックの金メダルよ。日本陸上界の歴史を塗り替えるんよ。日本中のヒーローになってしまうんよ」

温子は自分の叔父《おじ》さんの話をした。

その叔父さんはおれたちの結婚式には出席しなかった。元プロ野球のピッチャーだ。高卒で読売にドラフト指名され、肩を壊して引退した。その後は運送会社を経営していたが、その会社も手放したという。

「病気になってしもうたの。躁《そう》や」

「躁って、鬱《うつ》と反対のやつか」

「そう単純なもんやないらしいんやけど。やたらテンションが高い人、おるやん。それが異常値までさしかかった感じ。せやから、自分も周囲もあんまり病気やと思えへんのよ」

太郎のことを思い出した。

太郎は鬱だった。今は元気だ。たしかに、ふさぎ込む鬱は分かりやすいけど、躁というのは、あまり見たことがない。

「もともと、明るくて怒りっぽくてイケイケの叔父さんやったんやけどね。ドラフトされてプロに入って、テンションが上がりまくったんやな。普通、引退したら大人しくなるもんやけど、叔父さんはイケイケのままでね。いっぱい仕事もするけど、金遣いも荒いし、競馬にも目がないし。お金がなくなっても反省せえへんの。必ずなんとかなる、言《ゆ》うのよ。そのうち、選挙に出るなんて言い出してね」

「周囲はたいへんだな」

「迷惑とは思ってへんのよ。自分は周囲に幸せを振りまいてる、思うとるんよ」

「杉晴彦《すぎはるひこ》みたいだな」

「ほんまにあんな感じ。杉君のことも、心配なんよね」

「おれも？」

「そうなんよ。心配なの。知り合いのお医者さんに聞いたんやけどね。躁になりやすいんは、エネルギッシュで、考え方がシンプルで、怒りっぽくて、物事に熱中する人。口だけやなく、ちゃんと結果を出す人。全部当てはまっとるやん」

「男って、そういうもんじゃないのか。おやじだってそうだ」

「紙一重なんかも。もうひとつあるの。スポーツ選手。しかも一流の。叔父さんも、ドラフトされたくらいやから、一流のピッチャーやったし」

「イケイケでなけりゃ、一流になれないよ」

「躁の人って、普通じゃ考えられないくらいエネルギッシュなんよ。仕事量も、スピードも。叔父さん、兵庫の山奥に旧《ふる》い別荘を買ったんやけどね。庭は雑草だらけで、とても遊べる状態やなかった。それを半日で綺麗にしたんや。一人で。しかも丸太のベンチまで作ったんや。ものすごいやろ」

「すごいね」

「……タケルもね。似たようなことをやっとるのよ。走り込みの他にも腹筋チャレンジ。ネック強化。瞑想《めいそう》マラソン。日本一努力しとる。腹筋なんて世界一の努力やろ。普通の人にはとてもできんことや」

「金メダルを獲るんだ。そのくらいやるさ」

「わたしにはね。叔父さんとタケルがダブって見えるときがあるんよ。金メダルを獲ったとき、タケルが壊れてしまうんやないかって……」

「壊れないって」

「紙一重って言ったやろ。金メダルなんやもん。紙一枚くらい、簡単にぶち破るわよ」

温子は心配性じゃない。相当な楽天家だ。その温子が語気を強めた。だからおれは黙ってしまった。

「ランナーズ・ハイ、いうこともあるし」

「そういうの、おれにはないんだ」

「そんなもん、花粉症と一緒で、いつ発症するか分からんやん」

「走って気持ち良くなったことなんて、一度もない」

「逆に、すごいやん。それであんなに練習できるんやから」

「気合いだよ。気合いの問題だ」

「躁の人って、必ず自慢話するらしいねん。叔父さんもそればっかりやった。プロでは活躍できなかったくせに、野球の自慢話ばっかり。自分のことだけやなくて、元同僚の自慢もするんや。あいつは天才や、って」

「そういう人、よくいるじゃん」

「異常な自慢話なんよ。その天才を理解しているオレは偉い、ってことや。プロ野球には天才だらけやから、叔父さんの自慢話は尽きへんのよ」

「エネルギッシュに頑張ったから、天才に近づけた。自慢のタネができたんだろう」

「もちろんそうやろ。ほんで、タケルの話や。金メダル獲ったら、もう、自慢話し放題なんやで。叔父さんの比やないのよ。世界公認、天下御免の自慢話や。誰も咎《とが》めへん。テレビ出演や雑誌の取材って、自慢話をしてくれ、言うことやろ」

「そういうのは、阿久さんに任せるって」

「とにかくね。しっかり考えてな。金メダル獲ると、ただごとや済まないんやから。わたしたちがあれこれ振り回される分にはええのよ。タケルそのものが変わるのが怖いねん」

「だいじょうぶだって」

「変わってほしくないねん。目標に向かって走るタケルが……好きやねん」

「絶対に変わらない」

「ほんなら、次の目標って？」

おれは黙ってしまった。最大最強の目標の向こう側に、なにかが見えるはずもない。

「ごめんね。いじわる言うとるわけやないんよ。ほんまに不安なんよ。金メダルの後を、しっかりと考えてればええと思うのよ。ええな。約束よ」

難しいことを言われたが、温子の言葉が嬉しかった。

金メダルを獲ると信じている。そこがたまらなく愛《いと》しい。

温子はときおり深いことを言う。

だが、おれが躁などになるはずがない——。

つい、温子の顔を思ってしまった。余計なことを考えないはずなのに。

第一京浜。

情況は変わらない。

先頭集団七人。常盤木と丸千葉が食らい付いている。

三十メートル離れて第二集団八人。

いや、減っている。

おれの左前に五人。横にも後ろにも気配がない。二人、後退した。

おれは第二集団のペースに合わせている。全体のペースが少し上がったんだ。

新橋の高架を潜った。

このへんは高架ラッシュだ。ドライミストがありがたい。
スタート時点よりも相当暑い。あっという間に蒸し暑くなった。
もわっとした湿気が顔や首にまとわりついてくる。
先頭集団との距離が十メートル詰まった。
よし、と思った瞬間。
ふっと、脚が軽くなった。
やっときたか！
いや、まだだ。
ちょっとだけ軽くなった。
でもいい。もっと軽くなる。確実に。
温子の笑顔のおかげか？

○日本代表・走水剛を語る⑤
青葉豊《あおばゆたか》（青葉製薬社長）

「走水さんの大学四年の箱根駅伝をご覧になった社長が、上新製麵に就職が決まっていた彼を、ツルの一声で青葉製薬に迎えたそうですね」

「そのとおりや。走水の運命を変えたんはわしや。あのゴール前のデッドヒートを見とって、こいつ獲れ、思うたんやな。阿久はムリや言うたけどな。ほんなもん、やってみな分からん。走水、アンカーなのに勘違いして襷を外して走ったやろ。『あの襷は、ウチが受け取ったる！』言《ゆ》うて口説いたんや。そしたらウチに来たった。上新に行っとったら、走水はオリンピックに出とらんやろな」

「そうかもしれませんね。青葉で阿久さんに教わったのが大きいと思います」

「ウチの水が走水に合ったんや。ウチは仕事もちゃんとやらせとる。走水は立派に仕事もしとる。それで日本代表なんやから、ホンマに価値は大きいで」

「しかし、青葉製薬の陸上部は廃部になっていますが」

「走水がウチの社員であることは変わらんやろ。陸上部があろうがなかろうが、走水はしっかり仕事をして、しっかり走っとる。ウチが走水を育てたんや。走水剛っちゅう種が、青葉の畑で花開いたんや」

思います」

「最初上新に入った時崎太郎さんも、青葉に引き抜いていますね。いい磁場があるように
「そのとおりや。時崎も賢くてエエ男よ。それにや。走水はウチで最高の伴侶《はんりょ》を得とる。雨嶋《あめしま》温子、今は走水温子やけど、彼女は青葉史上ナンバーワン人気の女性社員やった。みんな、彼女を狙っとったんや。それを走水がかっさらいよった。マラソンの日本代表になったことより、そっちのほうがサプライズよ」

「そうなんですね」

「でき過ぎやで。せやけど、不思議と妬《ねた》まれへん。それどころか、思わず応援したくなる。ほんで、仲人を引き受けたった。ホンマに不思議な男やで」

「妬まれないのは、なぜでしょう」

「アホやから、ちゃうか」

「アホ、ですか（笑）」

「一途《いちず》いうことや。〝役者バカ〟っちゅう言葉があったやろ」

「ありましたね」

「そういう男は、周りに勇気をふりまくやろ。見てるほうは、同じ人間として誇らしい気持ちになってくるんやろな。よっしゃ、ほなわしも頑張ったれ、思うようになるんや」

「社長さんらしい視点ですね。走水さんがメダルを獲ったら、社から特別ボーナスは出る

んですか」

「あったりまえや。世界的快挙や。お祝いや。走水だけやなく、社員全員に金一封出すで」

「ぜひ、そうなることを期待してます。どうもありがとうございました」

「ウチの商品、ようけ宣伝しといてな。広告ちゃうで。タダで大きく記事にしたってな。頼むで」

6

新橋の高架を潜った。

ミストを潜る。一瞬の気持ち良さ！

日なたに出たとたんに不快さが押し寄せる。

「暑《あち》い！」

前で声がした。

丸千葉だ。不快さを吐き捨てるような叫びだ。

「暑い！」

おれも大声で返した。

こちらからは丸千葉、常盤木が見える。二人からはおれが見えない。

「速《はえ》えよ！」

丸千葉が言った。先頭のケニア勢にぶつけたんだ。

たしかに速いよ。

暑い。蒸し暑い。

後半もこのペースで進むことは絶対にない。

すると、先頭集団のスピードが落ちた。

すっと。ほんのわずか。

ケニア勢が減速したんだ。二人揃って。申し合わせたように。

まさか丸千葉の言葉に反応したわけじゃないだろうが。

二人の直後に付けたケニヤッタ、エチオピア代表、中国代表もすぐに反応して減速した。

ようやく集団が落ち着いた。

ここまで、意地の張り合いだった。

マラソンは会話だ。

走りながら会話する競技だ。

「暑くなってきたね。このへんで落ち着かないか」

ケニアの二人が、そう提案した。

後続はそれに従った。

「ここまで、ちょっと速かったかな。でも、大部分は振り落としてる。勝負は三十キロ過ぎあたりにしよう」

そんな感じか。

第二集団もそれに乗った。

おれも乗った。

まだ脚が完全には軽くならない。

いったん落ち着いたところから、ロングスパートをかけたい。

だが――。

ずっと左前方に見えていた赤いシューズが消えた。二組みとも。

後退すればそれと分かる。後退じゃない。出たんだ。

どっちが先に出たのかは見えない。

見えた！　丸千葉だ。

丸千葉が出て、常盤木が付いた。

ケニア勢の提案を蹴った！

なめるんじゃねえと、蹴り飛ばした！

「ここをどこだと思ってやがる。スタートから揺さぶりやがって。おめえたちの勝手にさせてたまるか」

丸千葉の下町言葉の啖呵《たんか》が聞こえてきそうだ。

おれの全身がかっと燃えるようになった。

初めて日本代表が先頭に立った。

いいぞ丸千葉。いいぞ常盤木。

高速の下を過ぎる。

銀座だ。

中央通りに入った。

歓声が大きい。第一京浜と比べて道幅が狭く、声援の圧力が違う。

歓声のアーチを進む。

ものすごい数の白い旗。夏の薄晴れに蝶《ちょう》の大群が舞っているようだ。

ものすごい歓声。歓声が降ってくる。どしゃぶりのように。

さらに体温が上がる気がした。

銀座ならば麻婆《マーボー》豆腐だ。

ホテルの二階にある四川料理だ。

ここの麻婆豆腐は飛び切り辛く、美味い。元気の出る辛さだ。舌が気持ちよく痺《しび》れて、汗と涙が出る。油に辛味が溶け込んでいて、メシがいくらでも食べられる。

マラソンランナーは炭水化物を大量に摂《と》る。それぞれ流儀がある。

常盤木は夕食に三種の炭水化物を食べる。白米と蕎麦とマカロニグラタンとか。デザートは必ずカステラ。丸千葉は白米派で、寿司なら百カン食えると言った。

おれの好物は上州名物の焼き饅頭《まんじゅう》だけど、ベースは白米だ。温子の作るチキンカレーがベストマッチ。メシ一升食える。スパイスにこだわった辛口で、さっと作る割には深いコクがある。三杯目からは酢メシにカレーをかけるのがおれの流儀だ。これが美味い。

温子のカレーを超えるのが銀座の麻婆豆腐だ。辛くて美味くて、メシが止まらなくなる。丸千葉も常盤木も際限なくお代わりしていた。

麻婆豆腐の辛さが舌によみがえり、気合いに火が入った。

丸千葉と常盤木も気合いが入ったはずだ。

○日本代表・走水剛を語る⑥
杉晴彦（青葉製薬製品管理部部長）

「同期入社のツートップが杉さんと走水さんだと聞きました」

「そうです。入社式の自己紹介のとき、走水は『オリンピックで金メダルを獲る』と、ぼくは『社長になる』と明言しました」

「目標をはっきり言葉にして、そこに近づく努力をする。素晴らしいですね」

「予定どおりでしょう。特に走水は。走水の場合は強運もあります。年齢的にちょうどいい時期に東京オリンピックに出られるんやから。そういった意味では、ウチの会社も運がええんですわ。走水みたいな男が入ってくれたんやから。ぼくと走水が入ってから、業績もうなぎ上りですわ。走水、ポレポレオイルの開発に大貢献してますしね」

「ポレポレオイル、わたしも常用しています。美味しいし、ちょっと肌にぬってもいいですし。本当にいい製品ですね」

「ボーナス倍増で、みんな喜んでいます」

「走水さんの奥様、青葉製薬人気ナンバーワンの女性社員だったそうで」

「それだけが誤算やった（笑）。ウチ一番の別嬪《べっぴん》さんを持っていかれた」

「走水さんの結婚式の二次会、杉さんが幹事だったんですね。それはそれは盛り上がったそうで」

「すごかったですよ。走水の母校の陸上部員が大勢来てくれはってね。同期も先輩も後輩も、シャープな身体付きで精悍《せいかん》な顔をして、みなカッコええんです。ぼくはラグビーをやっとったんですが、ラグビー部だとああはいきまへん。でかいし太ってるし（笑）。引退したフォワードなんて相撲取り並みの体形がザラですから。司会は披露宴に引き続いてNHKの飛松《とびまつ》アナウンサーでね。あっちゃん、いや嫁さんの友達の女性がみんな飛松アナにサインをねだってました。走水のところには男しか集まらへん（笑）」

「私も出席したかったです（笑）。ええと、杉さんから見て、走水さんの一番の特長はどこでしょう」

「目標を定めて、それが成就するようにやることを決める。それを必ずやる。そういうところです。言葉にしてしまうと、なんやビジネス書のような感じになってまうけどね」

「言葉にするとシンプルですけど、すごく難しいことですね」

「人間は二通りに分かれると思うんです。それをやるヤツとやらないヤツ。走水は必ずやります」

「いいお話です」

「だから、走水は必ず金メダルを獲ります」

「はい」

「金メダルパーティーをやりますから、ご招待しますよ。会場も押さえてあります。幹事はぼく、司会は飛松アナです。今から、ワクワクしてきます」

「ぜひ。わたしもワクワクしてきました」

7

銀座は高速下から入り、高速下を出る。
「銀座八丁目」から「銀座一丁目」まで、真《ま》っ直《す》ぐで見通しがよくて気分がいい。
銀座はあっという間に過ぎた。
「銀座四丁目」と「銀座三丁目」間は十秒もかからない。
世界一だ。世界一賑《にぎ》やかなエリアだ。
テンションの高い町。温子の言う、〝躁《そう》〟を思った。
すぐに日本橋だ。
また高速の下を過ぎる。
日差しが消える。一瞬、身体《からだ》がラクになる。それだけ日差しがキツい。
直射日光が身体から力を奪う。
湿気も気温も厳しいけど、一番身体にキツいのは日差しなんだ。
ドライミストよりも日陰がありがたい。
日が消える瞬間が片道に十六回ある。計三十二回、ほっとできる。

時速二十キロで飛ばすランナーは自ら風を作る。だから気温は三十度でも三十五度でも大差ない。高湿度はイヤだけど。

日本橋三越を左に見て進む。箱根駅伝ではここを左折して大手町へ向かった。

日本橋のモダンな街並みを走る。

丸千葉、常盤木の白い背中が揃《そろ》って先頭を行く。

二人に、ケニア勢ら五人が続く。

第二集団がばらけた。

もう一人後退し、五人になった。うち一人がスピードを上げた。

その後ろに、おれは続いた。

先頭集団の最後尾に付けた。

「十！」

おれは叫んだ。

後続との差を先頭の二人に伝える。十メートル差。後ろを振り返る手間を省く。オールジャパンの発想だ。

先頭集団の一人が、位置を変えるようにしておれの左に並んだ。

甘い匂《にお》いだ。

この暑さの中、鬱陶《うっとう》しい。

「暑いな」

ケニヤッタが言う。

「暑いで」

また言う。軽い調子の関西弁がカンに障る。

「もっと暑くなる」

おれは素早く言った。

「キツいな」

ケニヤッタが言う。

マラソン中、本当の会話をしてどうする。

「キツいよ」

「リタイアしろ」

「ホンマや」

「二人に伝えろ」

ケニヤッタがスワヒリ語を短く吐く。前の二人が「ボハッ!」と爆発音を放った。

「伝えたで」

無視すると、会話は止《や》んだ。

少しイラっとしたけど、声を出すことでますます脚が軽くなった。

サングラス越しの東京の風景は上下にブレていない。
悪くない。もうすぐ、脚がもっと軽くなる。
ぐいぐい行った。
ＪＲ神田駅の高架を過ぎる。ここは日陰が長い。ミストが涼しい。
「須田町」を右折すると靖国通りだ。ここから少しだけ東へ向かう。
須田町のカーブが一番鋭角だ。
すぐにまた高架。高架ラッシュがありがたい。
身体も素軽い。風通しがよくなる感じ。
靖国通りで脚が軽くなった！
スタート時の脚の重さが消えた。別人のようだ。
阿久さん、きたよ。
やっときたよ。
靖国通りできたよ。
我慢した甲斐《かい》があったよ。
予定では日比谷通りだったけど。
ここまで苦しかったけど、美味いものを思い浮べた効果はあった。
高速の高架下に突っ込む。

ここで、もう一段脚が軽くなった。

「行け！」

ミストと一緒に声が降ってくる。誰の声だ。

今までも同じようなことはあった。

阿久さんの声。おやじの声。優一《ゆういち》の声。

今のは、その誰でもない。

おれだ。

おれの勘だ。

おれの心が「行け！」と言っている。

だけど、「待て！」という声もする。

予定どおりでいいんだ。雷門の折り返しまで待つんだ。三キロもない。

ランニングプランは極秘事項だ。

だが、おれのスパートだけは常盤木、丸千葉に知らせてある。早すぎるスパートに動じないように。二人以外への揺さぶりだ、と。

本気のロングスパートなんだ。

陸連の磯部部長は、「三人とも、雷門まで前のほうにいてくれ」と言った。

控え目な指示だ。丸千葉が調子に乗って、「それ、クリアしたら、報奨あるんですか」

と返すと、「なんでも好きなもの、食わせてやる」と笑った。

それは完全クリアだ。しかも常盤木、丸千葉が先頭を競っている。「川千葉」の鰻を食い尽くしてやる。

数メートルの間、迷った。

あと二十メートル先に給水所がある。

あそこだ。

給水を取らないでスパート。

給水ではみなスピードが落ちる。スパートチャンスだ。でも給水は欲しい。

どっちを取るかだ。

行く。決めた。

先行するランナーが給水のため前に入ってくる。おれは絶妙のタイミングで左へ身体を入れた。

その瞬間。さらに右に入ろうとするランナーと接触した。

おれの右手が軽くぶつかった。問題ない。そのまま行ける。

そうでもなかった。

赤いユニフォームの選手が倒れてしまった。

転倒だ。目の前で。

思わず足を止め、赤ユニフォームの左腕を取って引き上げた。

咄嗟《とっさ》に身体が動いた。いや、足が止まった。

「だいじょうぶか」

うんうんと汗まみれの顔でうなずいている。中国代表だ。

二人で給水を取り、走り始めた。

左手でペットボトルを取って右手に持ち替え、もう一つ取った。一つは口に、一つは頭にぶちまけた。

水が美味《うま》い。今まで走った大会の中で一番冷たい。猛暑の中、冷たさをキープしてくれている。

頭にかけた水はすぐに温まる。温《ぬる》い水が背中をつたう。

水をかぶるのにもコツがある。必ず後頭部にかける。サングラスもあるし、水が顔にかかると面倒だ。

しかし。

集団は遠くへ行ってしまった。

大きなロスだ。

脚が軽くなったと思ったら、こういうことが起きる。

転倒したランナーを助けた。きっと阿久さんと太郎にアホバカ攻撃を受ける。

しかも、赤いユニフォームが目の前に出た。

でも、後悔はない。

やっちまったことは仕方がない。

おかげで落ち着いて給水が取れた。水は美味かったじゃないか。

頭の中におやじが出てきた。いつもの不機嫌ヅラだ。

おやじは、おれを咎《とが》めなかった。

「後悔や反省は必要なし！　指した手が最善手だ。人間として当然のことをしただけだ」

いいぞ、おやじ。

これもおれの東京オリンピックだ。

おれが転んだわけじゃない。絶好調だ。

脚は軽い。仕切り直しだ。

思い切ると、ギアを入れていた。

赤いユニフォームを抜き去り、飛ばした。

これじゃ短距離走だ。そのくらいのギアだ。

仕方ない。入っちまったものは仕方ない。

すぐに「浅草橋」。

ここを左折、隅田川に沿って北へ。

川の匂いをつんざいて、おれは飛ばした。

ＪＲの高架に「やさしさが　走るこの街　この道路」と標語がある。悪いけど、やさしく走ってる場合じゃない。

江戸通りだ。

両脇の銀杏《いちょう》並木がいい。

約二キロで雷門だ。

厩橋《うまやばし》のあたりで第二集団をとらえた。その尻に付ける。

雷門を目前にして、集団のスピードが落ちたのか？

いや。おれが速すぎるんだ。ムチャな追い上げだ。

すぐに集団を抜く。

駒形橋《こまがたばし》の交差点で、トップをとらえた。

やけくそだ。

するすると先頭の二人に近づき、びゅんと抜いた。

「え？」

後ろで声がした。丸千葉だ。

二人の気配からどんどん遠ざかって行く。

ムリ筋《すじ》か。

おれは胸の中で鋭く首を振った。

勝負の最中には決して後悔してはいけない。おやじの言葉だ。

スパートしてしまった。

しかも、今までやったことのないほどのスピードでだ。

一つだけ後悔がある。

雷門通過で思い浮べる予定だった鴨《かも》料理店だ。

予約困難の老舗《しにせ》を、丸千葉の親戚《しんせき》が紹介してくれた。焼き鴨はもちろん、焼きねぎが抜群に美味かった。

江戸時代には、鴨を食うと一年間風邪《かぜ》知らずと言われていたらしい。風邪はマラソンランナーにとって大敵だから縁起がいい。

スパートしてしまえば、もう鴨ねぎの出る幕はない。

さあ始まった。

ロングスパートを披露するときがきた。

走水剛だけのレースだ。

○日本代表・走水剛を語る⑦
宮倉斉《みやくらひとし》（青葉製薬開発部部長）、笹崎聖一《ささざきせいいち》（同・次長）

「お二人と走水さんはケニアに二年間赴任していたんですよね。ケニアでの体験が、今の走水さんを作ったとも言われています」

「よう頑張った。おれらも誇らしいわ。せやけど、あんまり一緒にいる時間はなかったな。笹崎君、そうやったな」

「そうですね。ぼくらは研究所に詰めていて、走水君は農園とのリレーション構築に出かけていることが多かったし。朝も、ぼくらが起きたときには練習に出ていた。休日もそうです。顔を合わせるのは、もっぱら夕方ですね。ナイロビは日が暮れると治安が悪化しますから、基本は外出禁止なんです」

「そうやったな。夕方も、部屋で二時間くらいはトレーニングしとったで。なんか、普通の腹筋運動やったり、妙なポーズをとったりしてな」

「〝腹筋チャレンジ〟ですね。百種類あるんです。そのうち十二種類は、ナイロビで考えたそうです」

「毎日、二時間も腹筋やって、だいじょうぶなんか？」

「そのくらいやらないと、オリンピック代表にはなれないんでしょう」

「でも、三人でナイロビに赴任して、あまり顔を合わせないって、不思議ですよね」

「ほんまや。週休二日なんやけど、休みになると、飛行機と船に乗ってラム島まで行っとった。東京オリンピック対策で、わざわざ暑いところで走っとったんやな」

「睡眠以外で走水君が身体を休めているところ、見たことないですね」

「ああいう男を見とると、こっちにもやる気が伝染してきおるな。分野は違うけど、こっちも真剣勝負したろって気合いが入るんやな」

「ぼくら二人きりだったら、あるいは走水君ではない別の営業だったら、ポレポレオイルは完成しなかったかもしれませんね」

「研究者としてのお二人の頑張りも、走水さんに良いインスピレーションを与えたのかもしれませんね」

「エエこと言うな、キミ（笑）。もともと、おれらは走水ファンやったんや」

「雨嶋のことですね（笑）」

「走水さんの奥さんの旧姓ですね。温子さん」

「そや。おれらは温子ファンやったんや」

「お二人にとって、走水さんの結婚は理想的だったわけですか」

「理想的いうか……敵の敵は味方いうやつや」

「部長、その話、オリンピックには関係ないですよ（笑）」

「いえ、興味あります（笑）。ぜひ、お聞かせください」

「ほんならちょっとだけ。走水の同期に、杉晴彦っちゅう男がおりましてね」

「親友としてお話をうかがいました」

「親友かいな。まあ、走水も杉も、さっぱりしとるからな。笹崎君、ちゃちゃっと説明したって」

「はい。雨嶋温子は青葉の男性社員から絶大な人気がありまして、食事の誘いなどが多いわけですが、それを杉が仕切っていたんですね。タレントのマネジャーのように。だから、杉は男性社員から妬《ねた》まれた（笑）。元ラガーマンのグッドルッキングで、性格も明朗で爽《さわ》やかだ。しかも営業成績抜群です。そんな男に青葉のマドンナまで持っていかれたらかなわない。独占禁止法に抵触する——と、みなが思ったわけです」

「みな、いうか、おれと君やろ」

「そうですね（笑）。で、どうやら雨嶋の本命は杉で、対抗が走水だった。そこで、みなが走水を応援することになったわけです」

「そういうことですか。敵の敵は味方ねぇ（笑）」

「そういうこっちゃね。おれらの応援の甲斐もあって、走水が雨嶋のハートを射止めたわけや」

「とても素敵な奥様ですよね。でも、走水さんが金メダルを獲《と》れば、これも独占禁止法への抵触では（笑）」

「ようするにやね、走水には可愛《かわい》げがあるっちゅうことや。あいつの引っ越しに、会社の人間がどれだけ集まったことか」

「ところが、寮から新居に運び込む荷物が少なすぎて、引っ越しは簡単に終わって、すぐに宴会になった。ようするに、男たちは雨嶋と飲み食いしたかっただけですよ」

「そろそろ本題に戻していただいて。走水さんの一番の長所はどこだと思いますか」

「そうやな。ほら、いつだったか、話しとったことがあったやろ。ビルの屋上が見えるっちゅう話。あれ、したって」

「ええ。走水には想像力がある、ということです。最上の努力をした人間ならではの想像力です。中途半端な人間には想像力が芽生えない。誰かが成果を上げると、その頑張りが想像できず、ただ嫉妬《しっと》するだけ。低いビルからは、高いビルの屋上は見えないということです。走水には見える。自分が最上の努力をしているから、成果を上げるたいへんさを知っているんです。分野が違ってもね」

「本当に偉い人って、謙虚ですものね。それに似てますか」

「そうやなぁ……。ウチの社長は、それほど謙虚やないけど。青葉のビルは、案外低いんちゃうの（笑）」

「走水、ぼくらがポレポレオイルを完成させたときも、飛び上がって喜んでました。彼も営業で頑張りましたけど、研究員の頑張りを讃《たた》える想像力が豊かなんですよ」

「いいお話です」

「そういう意味では、一流のスポーツ選手で頑張らんやつはおらんやろうから、みんな謙虚なんちゃうの」

「いや、そうでもないかも（笑）」

「とにかく、走水には金メダルを獲ってもらお。ほんで、雨嶋の手料理で大宴会や」

「豪華なパーティーも悪くないですけど、そっちのほうがいいですね。そうだ。余計な連中をオミットして、ナイロビ赴任チームだけのお祝いにしましょう」

「エエな！〝ポレポレ会〟や。楽しみやな」

「わたしも参加したいです」

「エエで。ドンペリのマグナムボトルを持参してな。十万くらいやろ。そうやな。そいつを三本ばかり持ってきてんか。ドンペリなんて、飲んだことないけどな」

8

先頭に立ち、懸命に息を整えた。
スパートのカマシとしては最高だ。でもさすがに胸が苦しい。
なんとかなる。足は動いている。
呼吸の乱れはなんとでもなる。
脚は軽い。だいじょうぶだ。
激しく呼吸をしながら、徐々に体勢を整える。
スピードをわずかに落とし、上体を安定させる。
何度も、そういう練習をしてきた。
ただし、景色は揺れている。
ずっと保っていた上体が、上下に弾んでいる。
これはこれでいい。安定は前半までで捨てた。
雷門だ。
最高の折り返し地点だ。

中央分離帯がある。オリンピックのための作り物感がない。

門の左の一本柳がゆったりと揺れている。

雷門をターンした。

この瞬間。

東に東京スカイツリーが出てくる。

雄姿が目の前にどーんと。

風景を二分するようなインパクトだ。やっぱりデカい。

それが上下に揺れる。

見えるのは一瞬だけ。すぐに南に向かって走り出す。

ここでしか見えないってくらいのもんだ。

阿久さんはつくづくいい加減だ。コース上ではスカイツリーはほとんど見えない。だから、雷門でのインパクトがすごい。

おれたちは試走して知っているけど、外国人ランナーは驚くだろう。いきなり出てくる。

「あと半分だ。頑張れよ。おまえの走り、ずっと見ててやるから」

そうスカイツリーに励まされるような気になる。

折り返しとして、これ以上のインパクトはない。

いいコースだ。

歓声もすごい。ものすごい。

大歓声に迎えられ、すぐに大歓声に後押しされる。

胸が急激に熱くなり、すっと清涼感が残った。

ありがたい。声援が身体に沁《し》みる。

こりゃ、絶対に日本人有利だ。

賑やかさは銀座が世界一だと思ったけど、浅草もすごい。いい勝負だ。

大歓声を一人で受ける。早めのスパートの恩恵だ。

あっと思った。丸千葉、常盤木のトップターンを潰《つぶ》してしまった。

丸千葉、常盤木が走ってくる。

やや後ろに集団が迫っている。集団は八人。

胸が熱い。トップターンのおかげでこの光景を正面から見られた。

「暑い！」

丸千葉がおれを見て叫ぶ。

「暑い！」

おれは丸千葉に応《こた》え、常盤木の目を見てうなずいた。

銀杏並木の緑が濃い。走ってきた道を戻る。歓声がものすごい。歓声のせいで気温が二度くらい上がるんじゃないか。

第二集団ともすれ違う。ずいぶんと離されている。距離感がつかめない。

十一人だ。日本代表三人と第一集団の八人。

十一人でメダルを争う。

ここまで、約九割が脱落した。史上最も苛酷《かこく》なマラソンだ。

たぶん――。

目で脱落したんだ。

リタイアしたランナーの姿が目に入る。諦《あきら》めが伝染し、気持ちが折れる。リタイアが相次ぐ。

杉晴彦が言っていた。

「ラグビーみたいな集団競技では、点差が開くと、さらにメチャクチャに大差になることがあるんや。それは誰かが諦めてしまうから。諦めがあっという間にチームに伝染するんやな。ものの見事にチームの弱さが出てまう。その点、マラソンは、そういうことはないんやろ」

案外、あるんじゃないか。

百人のランナーが一つのチームだとすれば、敵は〝苛酷な情況〟だ。猛暑だ。四二・一九五キロだ。それなら、杉晴彦の言うことは当てはまる。

杉晴彦の暑苦しいくらいの笑顔が出てきて、さらに気合いが入った。

身体は素軽い。走りが力強い。

飛ばす。折り返すと日の当たる角度が変わるところがいい。気分が違う。

右の沿道に歩いている選手が見える。うつむいている。

リタイアだ。

しばらく進むと、リタイアがもう一人いた。さらに一人見える。

結構いる。

東京オリンピックは猛暑が見える。

ドライミストも焼け石に水だ。

でもおれはだいじょうぶだ。

東から川風を受け、素っ飛ばした。

駒形橋、厩橋、蔵前橋を左に見て、もう浅草橋だ。

銀杏並木に別れを告げて高架を過ぎる。

「浅草橋」の交差点。

目の前に背の高いマンションが二つ。すべてのベランダが人で埋まっている。「日本代表、頑張れ！」と横断幕もある。往路では見えなかった。

ここを右折するとぽーんと視界が開ける。

片側四車線で走路も広い。

靖国通りに戻ってきた。

ここから、何を思って走るか。

誰に感謝しながら走るか。

おやじだ。

おやじしかいない。

おやじは常に断言調でしゃべる。曖昧《あいまい》な言葉がない。

断言調がおれは大嫌いだった。

これが勝負の最中には案外いい。曖昧さは要らない。

おやじは後悔をしない。後悔して得なことは一つもない。それもいい。

転倒したランナーを助けた。相当なタイムロスだ。だから？　後悔すればタイムが返ってくるのか。

おやじ譲りの無後悔が、早めのスパートを呼んだ。

今のスパートも、瞬時の決断だった。メリットとデメリットを天秤《てんびん》にかけて慎重に、なんてやってる場合じゃない。

こうなると、おやじは頼もしい。

プロの将棋指しで一応有名人だ。おれが代表に選ばれてから、取材が殺到した。

息子の快挙だ。おやじとしては丁寧に質問に答えたに違いない。

しかし確実に記者の反感を買う。

「アレは金メダルを獲ります」と断じる。謙虚さゼロだが、別に傲慢《ごうまん》なわけじゃない。普通にそう思っているんだ。記者にしてみれば、「ぎりぎり三番目に選ばれたくせに」ということになる。

質問が気に入らないときのおやじの切り返しは爆笑ものだ。

「持ちタイムが丸千葉、常盤木両選手よりも落ちますが、それでも金メダルですか」

そんな質問がこようもんなら、

「持ちタイムとやらが、本番のレースに加味されるルールでもあるのか」と切り返す。記者が苦笑すると、「自ら苦笑するような質問をするな。真剣味がなさ過ぎる」と断じる。これじゃ嫌われるよ。おれへの対応と変わらないんだから。おやじの理論武装は鉄板で、そのへんの記者では絶対に太刀打ちできない。

しかし頭のいいマスコミはいるもので、おれと阿久さんの了承を得て、太郎をインタビュアーとして寄越《よこ》した。太郎は阿久さんの指示ならと渋々おやじに会いに来た。地元上州で何度も顔を合わせていることもあったし。

雰囲気を和ませるためか、インタビューの前に一局どうか、ということになった。

太郎は案外将棋が強いから、すぐに応じた。六枚落ちというのを三番指しておやじの全勝。負けず嫌いの太郎は食い下がり、さらに三番指した。もちろん太郎は全敗。その後は将棋の指導になった。おれの話は一切出ず。なにやってんだ、という話だ。カメラまで寄越したマスコミにしてみれば空振りの大三振じゃないか。これじゃただの「走水龍治九段の六枚落ち講座」だ。

おやじは有名人とはいえ、おれが代表三番手だからこのくらいの絡みで済む。常盤木と丸千葉の身内はたいへんだったはずだ。

おやじの顔を思いながら足を出す。

おやじの不機嫌顔が飛ばし過ぎを諫《いさ》めてくれる。

ロングスパートのベストスピードは何度も試している。

スパート後の十キロをこれ以上飛ばすと、終盤で必ず失速する。

このスピードだと、最後のトラック勝負にも力を割ける。ギリギリだけど。

声援の後押しで気合いが入る。

道が広々としているのもいい。

高揚感のせいで飛ばしたくなる。

飛ばしたくなるような暑さだ。これだけ暑いと、ヤケっぱちになる。

二キロ分前倒ししているから、終盤は約十四キロ。

なんとかなる。出たとこ勝負だ。

スピードをキープするには、おやじの顔を思い浮べるに限る。

おやじの顔はいつまで経《た》っても変わらない。

不機嫌で不満あり気で、おれを見る目は厳しい。

小学校のころからそうだった。代表になった今も変わらない。

ただし、温子に向けるのは笑顔だ。おれが見たおやじの顔の中では最上級の柔和さだ。

温子と結婚したとき、おれは思った。おやじの表情が劇的に変わるだろうと。それを見るのはちょっとどうなのかな、と。

子どもが生まれるとおやじはおじいちゃんになる。孫を抱くおやじはさすがに笑顔だろう。そんなおやじの顔を想像するとテレくさい。

でも、そうはなっていない。

「陸上か、将棋か。楽しみやね」

温子は言った。

子どもがどっちの道に進むのか。ハナから男の子が生まれると決めつけている。おれもそう思う。

「隔世遺伝、案外あるんよ。オトンの影響は意外に少ないって。環境もあるんや。お子と接するのはジジババやろ。オトンは仕事に出てるから」

「将棋くらいは教えるだろ。やさしく教えるおやじの姿、想像できないけど」

「将棋盤から逃げたらオモロいね。タケルみたいに」

幼いころ、おやじに将棋を教えられたけど、高圧的な態度がイヤだったし、将棋盤の前でじっと正座するのがツラかった。それで逃げ出した。裸足《はだし》で家から飛び出すと、おやじも裸足で追いかけてきた。もちろん逃げ切った。

「逆もあるかも。タケルが陸上を熱血指導して、それに嫌気がさして、ジジのところに逃げ込むんや。それで将棋好きになる。それがきっかけで、将来、名人になるんやな」

温子の発想はいつも面白い。スケールが大きくていい。

神田に戻ってきた。

往路よりも歓声が大きい。

「走水！」と声援を受ける。「タケル！」もある。

歓声には「ゴウ！」も混ざっている。剛をタケルとは普通は読まないからな。

いや。「Ｇｏ！」って声援だ。

○日本代表・走水剛を語る⑧
油谷賢（修学院大陸上競技部監督）

「今の走水剛の大部分は、大学時代に作られたそうですね。油谷監督の指導法が彼を成長させたと」

「走水の頑張りがすべてです。わたしの指導法がそれほどすぐれたものなら、ウチのＯＢみながオリンピック候補になっています」

「入学したときには、タイム的には平凡な選手だったわけでしょう」

「一年生のころは、脚のパワーだけで走っている感じで、一年の中でも最下位に近いタイムでした。それで、ジョギングに時間を使えとアドバイスしました。じっくり走ってましたね。特にオフの日には、五時間くらいジョギングしてました」

「五時間はすごいですけど、ジョギングが基本というのは、よく聞く長距離走の奥義ですね」

「走水は言われたことをきっちりやる。そこまではほとんどの学生と一緒です。しかしその後が少し違う。トレーニング法を自分流にアレンジしてしまう。従順と自分勝手が混在している男です」

「具体的に、教えていただけますか」

「腹筋ですね。ウチで考案した『腹筋チャレンジ』。八十八種類のバリエーションがあります。全部やると二時間かかる。世界一キツい腹筋トレーニングと自負しています」

「腹筋強化は、ランナーを裏切らないですからね。それにしても、八十八種類というのはすごい（笑）」

「おっしゃるとおり腹筋はランナーを裏切りませんが、目を離すとすぐにサボる筋肉でもある。強靱《きょうじん》だから毎日やっても疲弊しません。ですが、オフの日にやる部員は少ない。確かめたわけではありませんが、走水は大学時代から今の今まで、一日も欠かさずに腹筋チャレンジをやってきたんじゃないですか」

「そんな感じですね」

「しかも、独自に十二パターンを加えてちょうど百種類にしたらしい。あれ以外のバリエーションをよく考え出しました。面白い男です。今思えば、そういうやつが世界で戦えるのかと思います。走水の出身高校の監督がわたしの大学の先輩で、その先輩が、『走水は大化けする』と言ったんですね。そのとおりになりました」

「そんな走水さんの、一番の思い出はなんでしょうか」

「やはり……走水が二年生の箱根駅伝ですね。彼を8区に抜擢《ばってき》したんですが」

「修学院大が途中棄権した年ですね」

「5区で三十万翔《みそまんしょう》がリタイアしたときです。以降はオープン参加となったものの、復路ランナーは気持ちを立て直して走りました。三十万のためにもね。ところが、6区、7区がブレーキとなり、8区の走水は繰り上げスタートになった。走水も調子が上がらなかった。凡走です。その夜、部員全員の前で走水を叱《しか》りました。あんなに部員を叱ったのは最初で最後です」

「走水さんだけを叱ったんですか」

「そうです。わたしは走水を、気持ちの強さを買ってエントリーしました。しかし彼は心を折ったままで走った。襷《たすき》が途切れて、さらに繰り上げスタートになって、そのいらだち、怒り、やりきれなさを払拭《ふっしょく》できなかった。ハートで選ばれたやつが、ハートを折ってどうする。そう叱りました」

「ハートがいいとか、強いとか、よく聞きますが、どうも曖昧な言葉に思えます」

「そうですね。実は、それ以前には具体的には分からなかったんです。でも、走水が入部してきて分かりました。決して言い訳しないこと。理由をつけて断らないこと。引き受けたら、なにがあってもやりとげること。それがハートの強さなんですね」

「なるほど」

「走り始めるとどうも調子が悪いというとき、気持ちが乗らないことがありますよね。そういうとき、ハートの弱い人間は理由をひねり出す。風が強いからとか湿気が多いからとか。言い訳を考えながら走ってしまう。そういった弱さが、走水にはない。そう思っていたので、期待を裏切られ、叱ったんです」

「期待に応《こた》える——。お父様の走水九段も、それを言っていました」

「叱られたことを、彼は忘れてしまったかもしれません。しかしその後の彼の活躍を見れば、ハートの強さが際立っているように思えます」

「オリンピックでも、ハートの強さを見せてくれますよね」

「走水にはそれしかありません。東京オリンピックには、ランナーの気持ちが折れる条件がたくさんあります。タイム的には劣っていても、ハートの強さなら走水が一番です」

「当日は、どこで応援するんですか」

「ご存じのとおり、あいつは四年生のときに箱根のアンカーを務めました。東京オリンピックのコースと重複する場所があります」

「第一京浜ですね」

「そのあたりで応援します。あいつを10区に起用しておいて良かった。真剣勝負の舞台を一度経験しています。きっと、大学時代のことを、思い出しながら走ってくれるはずです」

「本当ですね。修学院大のチームカラーは、きっと真夏の熱気に映えるでしょうね」

「もうひとつ、真夏に似合う色合いと一緒に応援します。酸っぱくて気合いが入る色です」

「橙学園大ですか」

「いい勘してますね」

「箱根駅伝でのライバルですよね。橙大の水野監督とは大学同期で切磋《せっさ》琢磨《たくま》した仲ですしね」

「まあ、それほどのものじゃないんですが。水野から、走水を応援したいと申し出がありまして。走水は箱根駅伝ランナーの代表でもあります」

「普段のライバルが、気持ちを一緒にする。素晴らしいことです」

「走水は必ず金メダルを獲りますよ。最後に一言。おいタケル。こうして断言したんだから、おれを嘘《うそ》つきにしないでくれよな」

9

神田の高架ラッシュを過ぎた。ドライミストが肌に沁みる。

頭の中にはずっとおやじがいる。

おやじはおれのやることに介入しない。

でも一度だけ、意味深な問いを投げてきた。

「マラソン選手は、走ることが嫌いなのか」

そんなわけがない。練習は苦しいけど。

「二時間七分だの六分だのとタイム短縮を競っている。タイムが短ければ短いほどいい。

つまり、早く走り止《や》める競技だ」

おやじは真顔の不機嫌ヅラで、冗談を言っている様子ではない。

「大会の優勝者は、誰よりも早く走るのを止める。それが優秀なランナーということになる。さっさと走り終える。走ることが嫌いなのか」

「ヘリクツだ」

「きちっと反論しなさい」

「こういうのはどうかな。たしかに大会に限れば、一番短いタイムで走った選手が優勝する。でもそのために、誰よりも多くの距離を走ってる。走ることが好きじゃなけりゃ優勝できないのさ」

おやじは一応納得した。

こういうヘリクツ質問が常に飛んでくるから、おれの切り返しのスキルも高くなった。

しかしこの問いは、含むところが深い。

おれは走ることが好きだ。長く走ることが好きだ。

でも正直、フルマラソンはキツい。

同じ距離を、四時間くらいかけてジョギングするときが一番いい。ストレスなんてない。

今、オリンピックを闘っているときに思うことじゃないか。

でも、おれが好きなのは東京のど真ん中を走ることじゃない。

美味いメシを食うために長い距離を走る。腹一杯食べたら一休みして、ゆっくりと帰ってくる。そんなジョギングが好きだ。

いくつか好きなコースがある。

横浜をスタートして、横須賀まで走り、海岸線を流しておれのルーツだという走水神社へ。昼食は穴子天丼《てんどん》が美味い「三味《みあじ》食堂」だ。キャベツのコールスローがまた美味い。修学院大を中退した相生武仁《あいおいたけひと》が作ったキャベツだ。

相生は元気だろうか。

今のおれの姿を、観《み》てくれているだろうか。

大学三年の秋に別れて以来、なんの音沙汰《おとさた》もない。

でもおれは、一日一度は相生の顔を思い出す。

おれの部屋には太い桜の棒がある。合宿にも持っていく。肩や背中を軽く叩《たた》くのに都合がいいというのもあるが、この棒を見ているだけで気合いが入る。

横須賀の中学にいたとき、技術科の矢名《やな》にこの棒で尻を強打された。〝ケツ桜〟だ。間違えてはいけない問題を間違えるとケツ桜が飛んできた。飛び上がるほどの痛さだった。まったく勉強のできなかった相生は通算二十二発のケツ桜を喰《く》らった。おれでさえ三発喰らって猛省したのに。

矢名は亡くなってしまい、矢名の息子に桜の棒を借りてきた。相生が大学をやめるとき、翻意させるためケツ桜をお見舞いしようと思ったから。

しかし、なぜか逆におれがケツ桜を喰らった。あれは痛かった。

オリンピックが終わったら、クールダウンを兼ねて「三味食堂」に行きたい。桜の棒も矢名の息子に返さなければいけないし。

日本橋、京橋。

東京の車道は案外見通しがいい。両脇にビルがそびえるものの、その先の空が良く見える。周囲に視線が行かないせいかも。
だから真っ直ぐに走れる。
日本橋三越だ。
また、どしゃぶりのような歓声だ。
おれ、今、主役を張っているんだ。
調子は悪くない。ペースも乱れていない。
おやじのおかげだ。
おれは走ることは嫌いじゃないけど、今日は一番早く走り終えるよ。
高速高架を潜った。今日二度目の銀座だ。
世界一の声援に歓迎される。

○日本代表・走水剛を語る⑨
相生武仁（キャベツ農家　元修学院大陸上競技部員）
「修学院大時代の同期にお一人、ご登場いただきました」
「なんでオレなんかに。曲木《まがりぎ》とか伊地《いじ》とか、貫《ぬき》とか岩井《いわい》とか、もっと親しいヤツがいるでしょう」

「油谷監督からのご指名です。修学院大史上最高のランナーだと」

「中退した根性なしですよ」

「相生さんがやめたことでチームに危機感が募り、予選会三位通過のいけいけムードを引き締めたそうですよ。それが箱根駅伝総合四位の躍進につながったと」

「オレのことはいいから。タケルの話でしょう」

「はい。お二人は、魂をぶつけ合った仲ということでした」

「オレがやめるとき、引き止めてくれたことかな」

「詳しく、お聞かせいただけますか」

「大げさな話じゃないですよ。オレは迷っていたわけじゃないし。タケルも、別にしつこい男じゃないし」

「相生さんはエースだったんですよね。当然、引き止めますよ。その大役を、走水さんが担ったわけですね」

「それが、なにも言わないんですよ。やめるな、なんて言わない。ただ桜の棒を片手に、多摩川の土手に突っ立ってるだけ」

「桜の棒って?」

「話すと長いんですけど。ケツバットってあるでしょう。あれと一緒。体罰で尻を叩く、太い棍棒《こんぼう》です」

「それを、なぜ……。まさか、力ずくで退部を阻止しようと？」

「まさか。桜の棒は、オレとタケルの思い出の品なんです。タケルとは横須賀の中学で同じクラスだったんですけど、矢名っていうコワい先生がいて、悪さをすると、すぐに桜の棒で尻を叩くんですよ。試験ができないときでも」

「すごく痛そう。それ、本当に体罰、ですよね」

「飛び上がるほど痛いんですよ。でも、いい先生で、誰も矢名を恨んでいません。〝ケツ桜〟っていうんですけど、オレは通算二十二発喰らった。レコードです。その後、体罰禁止になったらしいから、オレの記録は不滅です。体罰禁止っていうより、矢名が死んじゃったから」

「そうなんですか」

「大会で走っていて苦しくなったとき、オレの頭の中に矢名が出てきて、ケツ桜をかましてくるんです。ギアが入ってスパートをかけられた。そんな話をタケルにしたことがあって。それで、タケルは矢名の家から桜の棒を借りてきてくれた。空想ではなく、現物の桜の棒で、オレを鼓舞しようとしたんでしょう。わざわざ、矢名の実家を捜し出して、息子から借りてきたんですよ」

「言葉ではなく、行動で、相生さんを引き止めようとしたんですね」

「その気持ちが分かったから、オレも、言葉じゃなく、行動で答えました」

「どんな？」

「その棒で、タケルの尻を思い切り叩きました」

「ひどい！　でも……なんか、うらやましい。男の別れですね」

「そんなカッコいいもんじゃないですよ。久しぶりにあの棒を握ったら、無性に誰かの尻を叩きたくなった。そこにタケルのケツがあった」

「走水さん、怒ったでしょう」

「いや。あれを喰らうと、崩れ落ちるしかないから。ひたすら痛がってましたね」

「それが、相生さんの、別れの言葉だったわけですね」

「いや。オレはきちんと気持ちを伝えました。自分がやめることじゃなくて、タケルの、それからのことについてです」

「なんと言ったんですか」

「それは言えません。オレとタケルだけの、あのときあの場所だけの言葉ですから」

「そこをなんとか。全国の走水剛ファンのためにも」

「タケルに聞いてください」

「残念です。……相生さんはなぜ、長距離走をやめたんですか」

「実家の仕事を継ぐためと……練習が面倒臭くなったんですね」

「天才肌のアスリートは、ときおりそう思うそうですね」

「走ること自体はいいんです。いくらだって走ります。そうじゃないトレーニングがイヤで。腹筋とか、ネックとか」

「修学院大の腹筋は特に多彩ですからね。ネック強化もユニークです」

「二年半、我慢してやってきたけど、飽きた。腹筋やネックが長距離走に大事だって理屈は分かる。でも、そんなことをやらなくても速く走れる自信があった。集団で身を律するっていうのが苦手なんです」

「相生さん、一人で走るマラソン向きだったのでは」

「いや。マラソンはもっとムリです。最低でもレース前の三か月間、全生活をコントロールするんでしょう。ムリです。タケルはよくやった。あんな気紛れなヤツが、よくここまで来た」

「大学時代、二人でよくジョギングしたそうですね。走水さんがお気に入りなのは、横浜から横須賀、藤沢を回るコースだと」

「何度か走りました。途中、走水神社にお参りしましたね。あそこがあいつのルーツみたいで」

「走水神社そばの三味食堂で穴子天丼を食べることが楽しみだと。実はわたしも、ここへ来る途中に行ってきました。穴子天丼、美味《おい》しかった」

「そりゃラッキーだ。穴子、水揚げによってはないときも多いんです」

「他のお客さんが食べているアジフライの付け合わせのキャベツが美味しそうで、コールスローを追加しました。相生さんが作ったキャベツですね。店のおばさんに聞きました。キャベツの美味しさが評判になって、コールスローをメニューに入れたって」

「タケルも、美味いと誉《ほ》めてくれましたね。キャベツは油っこいものに合うんですよ。あいつはバカみたいにメシを食うから。そういや、オレがやめた三年のときの箱根の後、あいつから手紙をもらいました。食堂のおばさんにあずけてあった」

「置き手紙ですか。今どき洒落《しゃれ》てますね！　なんて書いてあったんですか」

「キャベツが美味いって」

「それだけ（笑）。……では、走水さんにとっての〝ケツ桜〟って、あるんでしょうか」

「マラソンランナーなら、誰だってそういう体験はあるんじゃないですか。誰かの声が降りてくるような……。そういえば、あの桜の棒、まだ持ってるのかな。今度会ったとき、聞いてみてください」

10

銀座の熱風に触れ、気持ちが明るくなった。
明るすぎる。これが躁ってやつかもしれない。
ヤケクソ気味の明るさ。
その中で、おれは詩を作った。
マラソン中に詩。前代未聞だけど、今のおれにはそれができる。
題名は「暑いのは」だ。

暑いのは銀座。
銀座が暑い。
暑いのは銀座の朝。
銀座の朝が暑い。
暑いのは八月九日。

八月九日が暑い。
暑いのは銀座一丁目。
銀座一丁目が暑い。
暑いのは黒いビル。
黒いビルが暑い。
暑いのは銀座二丁目。
銀座二丁目が暑い。
暑いのは日差し。
日差しが暑い。
暑いのは薄い青空。
薄い青空が暑い。
暑いのは熱い風。
熱い風が暑い。
暑いのは重い空気。
重い空気が暑い。
暑いのは銀座三丁目。
銀座三丁目が暑い。

暑いのは三越。
三越が暑い。
暑いのは銀座四丁目。
銀座四丁目が暑い。
暑いのは三と四の短さ。
三と四の距離が暑い。
暑いのは降ってくる声援。
降ってくる声援が暑い。
暑いのは白い旗。
白い旗が暑い。
暑いのは先導車の黒タイヤ。
黒タイヤが暑い。
暑いのは備え付けのカメラ。
カメラが暑い。
暑いのは報道陣。
報道陣が暑い。
暑いのは銀座五丁目。

銀座五丁目が暑い。
暑いのは銀座六丁目。
銀座六丁目が暑い。
暑いのはライオン。
ライオンが暑い。
暑いのはとらや。
とらやが暑い。
暑いのは銀座七丁目。
銀座七丁目が暑い。
暑いのは銀座の地面。
銀座の地面が暑い。
暑いのはおれの息。
息遣いが暑い。
暑いのはおれの瞬き。
瞬きが暑い。
暑いのはおれの鼓動。
鼓動が暑い。

暑いのはおれの汗。
額の汗が暑い。
暑いのは銀座八丁目。
銀座八丁目が暑い。
暑いのは麻婆豆腐。
辛い麻婆豆腐が暑い。
暑いのは揺れる風景。
揺れる銀座が暑い。
銀座は一から八まで暑い。
暑い。
復路の銀座は一から八まで。
一か八か。
銀座がおれを歓迎する。
イチかバチかのスパートをかけたおれを。
暑い？
暑い。
苦しい？

苦しくない。
暑苦しい？
ちょっと違う。
ただ暑い。
暑いだけ。
苦しくない。
ただ暑いだけ。

○日本代表・走水剛を語る⑩
三十万翔（福島県会津若松市中学教諭　元修学院大陸上競技部員）
「寮で同部屋だったそうですね。三十万さんが四年生、走水さんが二年生のとき。お二人が、寮の規則を変えてしまったと聞きましたが」
「ええ。寮では飲酒が厳禁なんですが――いや、外でも酒を飲むような部員はいないんですけど。四年生が寮を引き払う前夜に限り、飲酒解禁ということになったようです。〝三十万ルール〟と命名されて」

「どんな経緯ですか」

「自分が襷を切ったんです。自分が四年のときの箱根駅伝、５区です」

「低体温症と脱水症状の併発でしたね。お辛《つら》かったと思います」

「駅伝が終わり、わたしが退寮する前夜、タケルとやりあったんですね」

「やりあった？」

「今年の駅伝を潰《つぶ》したのは三十万先輩だ、全部先輩のせいだと、突っかかってきたんです」

「そんな、ひどいことを」

「タケルなりの励ましです。わたしがあまりにしょげかえっていたので。『そんな顔して、会津に帰っちゃダメですよ。きっちりと流して、帰ってください』ってことです」

「走水さんらしい」

「二人で酒を呑《の》んでいると、涙が溢《あふ》れてきましてね。恥ずかしい話ですが、涙が止まらなくなった。あんなに泣いたのは赤ん坊のとき以来です」

「走水さん、黙って涙酒に付き合ったんですね」

「いえ。さらに突っかかってきました。あのとき、タケルは白と黄色の繰り上げスタート用の襷で走った。あれは最低のセンスだ、あれじゃ晒《さら》し者だと怒りだした。それは全部わたしのせいだと。挑発ですね。わたしは挑発に乗った。殴り合いになりました」

「前代未聞ですね」

「わたしは、生まれて初めて人を殴った。気持ちに折り合いがつかず、正直、死にたかった。そんな心に、タケルが突っ込んできた。監督さんも同期も、気を遣って、なにも言わないんですよ。そのときのタケルの言葉を、一字一句覚えています」

「教えていただけますか」

「そうやって辛気臭い顔してさ。悲しみをずっと引きずってさ。そのまま社会人になるんですか。ダメだよ先輩。先輩は中学の先生になるんじゃないか。そんなんじゃダメだって。生徒たちに、走ることの素晴らしさを教えるんだろ。そんな先生が担任だったら、おれが親なら即刻転校させるよ。笑ってさ、胸張ってさ。途中棄権したときの気持ちをさ、生徒たちに聞かせてやってくれよ。どのくらい辛かったかさ。死にたくなるほど落ち込んだんだろ。そんな辛い体験、誰でもできるもんじゃない。だからこそメチャクチャ前向きになってくれよ。——そう言われました」

「迫力のある、熱い言葉です」

「後から後から効いてきます。社会に出てからも、この言葉にずいぶん助けられました」

「辛い経験だと思いますけど、そのおかげで、すごい言葉が引き出せたとも……」

「タケルだからこそ、でしょう。同じ言葉でも、同期や監督さんに言われたら、どうだったか。あの生意気な感じで、全力で迫られたから、胸に沁みたんです」

「そんな走水さんに、今、声をかけるとしたら、どんな言葉になりますか」

「二年間、タケルを見ていて、こう思ったんですね。あいつは周囲としょっちゅう衝突していました。それは、常に全力でことに当たるから。対象が小さい場合、タケルのパワーが上回り、どうしても軋轢《あつれき》が起こるんです。相手に合わせる、程のよさということが分からない（笑）。わたしの場合は、悲しみが大きかったから、タケルのパワーと釣り合ったのかもしれません」

「三十万さんらしい分析ですね」

「そこで東京オリンピックです。相手のスケールは最高に大きい。舞台も、戦う相手も、タケルが背負う期待も。だからタケルの全力を、思う存分ぶつけてほしい。人間の全力というものを、タケルが見せてくれるはずです」

11

銀座の大声援に別れを告げ、新橋に入る。
身体が火の玉のように熱い。
西に向かう新幹線が目に入る。
二十六キロが過ぎた。
息を吐く音が鋭く短くなる。いつもなら三十キロ地点で感じる変化だ。
スパートから八キロ。やはり前倒しだ。
そりゃそうだ。オリンピックなんだから。
想定どおりなら、苦労しない。
給水を取る。二つ取る余裕がない。
半分口に入れ、半分は後頭部にかけた。
水の美味さが分からない。
苦しくなってきた。
苦しいと感じるタイミングも、ちょっと早い。

いや。苦しくない。

鋭い顔つきのおやじが出てくる。

「苦しいと思って得ならそう思え。損なら思うな」

おやじが言う。

記憶を反芻《はんすう》したんじゃない。初めて聞く言葉だ。

「将棋では、常に苦しいと思って指す。そうすると甘い攻めを自重できる。対局後、『どのあたりで勝ちを意識したか』とよく聞かれる。棋士は百パーセント、終局前の一手を答える。中盤から形勢が傾いていてもだ。なにも気取っているわけではなく、本心でそう言っている」

おやじがどんどんしゃべる。

そんな話、聞いたことがない。本当におやじが頭の上にいるんじゃないか。

「将棋はそれでいいが、マラソンは違う。身体は脳が司《つかさど》る。脳が苦しいと感じたら、四肢にブレーキをかける。走りに影を落とす。だからレース中には苦しいという感情は不要だ」

分かったよおやじ。

おれはノーブレーキボーイだ。「1ノーブレーキボーイ」って馬券がお守りがわりに財布に入ってる。すっかり色あせて、印字が見えない部分もある。

そのとおりだ。ちっとも苦しくない。

暑いのはいいんだ。暑いと思って損することはない。

分かった。今の話、おやじの言葉じゃない。

阿久さんが似たようなことを言っていた。

「おまえさんはアホやから、なかなか苦しいと感じひんのやな。苦しさの沸点が高いんや。頭のエエやつは、苦しさの感度もエエから、案外自分でブレーキをかけてしまうんやな」

アホで結構。

阿久さんの説を、頭の上のおやじが伝えてくれたんだ。

第一京浜に戻ってきた。

道が広々として、それだけで気が晴れる。暑いけど。

スパートから十キロ。

あと十四キロだ。

スピードを落としたい。

だが後続の情況が分からない。

箱根駅伝なら、随所に補員がいて情報を伝えてくれる。給水の補員も並走して前や後との差を教えてくれる。

後との差が気になる。誰が迫っているのかも分からない。

ここが単独トップの泣きどころだ。

もちろん、おれが一人旅になることは承知の上だから、対策は打ってある。

三十キロ地点の沿道に青葉の関係者が詰め、後続の情況をスケッチブックに大書きして教えてくれるんだ。

あと二キロ。誰が待っているのか。そんな仕掛けも励みになる。

暑い。蒸し暑い。

体感、四十度以上あるはず。

めちゃくちゃな暑さだ。

まだ九時なのに、太陽はほぼ真上にある。

最強の暑さの中、走ったことは何度もある。

ケニア・ラム島の海岸線。あの直射日光と湿気はひどかった。足元も砂浜だったし。

盛夏の埼玉・熊谷のシークレットレース。わざわざ一番暑い午後二時スタートだった。

去年の夏、代表三人は北海道で長期合宿を張ったが、おれだけ日程を半分で切り上げて地元の群馬を走った。わざわざ暑さを求めて伊勢崎、館林《たてばやし》に行った。

猛暑の中、上下ウインドブレーカーを着て走ってみた。これはさすがにダメだった。十キロもたなかった。

いろいろやった。

でも、本番の暑さは全然違う。

気持ちが違う。本番は気持ちの熱さがおれの周りの気温を上げる。

これぱっかりは予習不能だ。

〝オリンピック慣れ〟なんて、ありえない。

「暑い！」

おれは小さく息を吐いた。

日が暑さを吐き出している。

サングラスを取るタイミングも難しい。

鬱陶しく、すぐにでも外したい。

サングラスを外せば、給水を顔にかけられる。

でも、日差しはこれからますます強くなる。

大門を右折し、北上して皇居を過ぎ、東京ドームを左折すると日を背負う。そこが外し時だ。

そういや、ケニア勢はサングラスをしない。大きな太陽を見慣れているせいか。

「走水！」

左前から野太い声がする。誰かが青いタオルを振る。

背の高い男。

青葉の百々《どど》やんだ！
陸上部元キャプテンの百々和彦《かずひこ》だ。
意識がぱっと明るくなった。百々やんの顔は優一に似ている。
百々やんが出てきてくれて嬉《うれ》しいけど、まだ三十キロ地点じゃない。なぜだ。
「走水！」
百々やんがスケッチブックを頭上に掲げる。

ケニヤッタ　40メートル後

なに！
ケニヤッタが迫っている？　それで百々やん、早めに出てきてくれたのか。
早過ぎやしないか？
ケニヤッタ、ほぼロングスパートじゃないか。
いや。違う。
ロンスパじゃない。
ケニア勢得意の揺さぶりだ。
ケニヤッタは集団をふるいにかけたんだ。

揺さぶりは奏効した。他のケニア勢はペースを緩めたが、ケニヤッタがその勢いのまま飛び出してきた。そんなところだろう。

冗談じゃない。

そう簡単におれの専売特許のロンスパを決められてたまるか。

おれは五年間、ロンスパの練習ばかりをやってきた。それだけは世界一だ。

腹筋チャレンジも毎日やった。こっちも間違いなく世界一だ。

ネック強化だって世界一だ。

猛暑の中の練習量も、おれがナンバーワンだ。

ケニア勢にどれほどスピードがあったって、どれほど脚が長くたって、どれほど心肺機能が優れていたって、東京でのロンスパを成功させるわけにはいかない。

ロンスパじゃない。

ケニヤッタは必ず失速する。

自分に言い聞かせ、足を出す。

甘い匂いが近づいてきた。むかつく匂いだ。

右に並ばれた。

「スパート、早過ぎるんちゃう」

荒い息でケニヤッタが言う。

なにも返せない。

いや、返さない。こっちにはこっちの息遣いがある。

「がんばってメダル獲ってな。ギリギリ行けるやろ」

「うるせえ！」

吐く息のタイミングで言った。

「よう見せ場作ったわ。せやけど、ここまでや」

思わずサングラスを捨てた。

急に視界が明るくなる。猛暑の光景だ。

暑さが目に見えるようだ。

めちゃくちゃにムカついた。

「ほな、サイナラ」

ケニヤッタの背中が前を行く。

三十キロ地点を過ぎた。

修学院大と橙大の応援が右に見える。

ブルーとオレンジ。往路よりもずっと鮮やかだ。

「タケル！　粘れ！」

歓声が悲鳴のように聞こえる。

○日本代表・走水剛を語る⑪
宮坂奈津《みやさかなつ》（作家）

「走水さんとは大学学部の同級生ですね。走水さんが代表に選ばれるのに前後して、宮坂さんは小説豊泉長篇《ほうせんちょうへん》新人賞を受賞されてます。これもご縁ですね」

「ぎりぎり間に合った。デビューしてなきゃ、こうしてインタビューされてないから」

「宮坂さんには、練習場や合宿所以外での走水さんのことをうかがえますね。走水さん、練習ばかりではなく、きちんと授業にも出ていたそうですね」

「一応、来てたけど。いつも睡魔と格闘してた感じ（笑）」

「一番の思い出はなんですか」

「いろいろあるけど……。首を横に振ることが多かったね」

「拒否、ってことですか」

「いつもマージャンに誘うんだけど、絶対に練習をサボらなかった。酒の誘いも。ああ見えて、クソ真面目なんだよね」

「悪い友達（笑）」

「そう。フレンドリー・エネミーって呼ばれてた（笑）。拒否されると、こっちもチャレンジしたくなるもんでね。『マグロみたいに、死ぬまで走るんだな』ってイヤミを言ったりしてさ」

「学部の友人から見ると、箱根駅伝を目指す陸上部員ってたいへんそうなんでしょうね」

「大学生って、みんなそれぞれたいへんだからね。わたし、テキトウにやってる運動部員って大嫌いでさ。最初はタケルもそういうイメージに寄り掛かってるのかと思って。でも、そうでもなかった。テキトウにやる男じゃなかった」

「文学部国文科なんですね。走水さんのイメージからすると、ちょっと意外でした」

「あれで案外、シャレたことを言うんだよ。自分たち陸上部員はサーカスのピエロのようだって」

「どういう意味でしょう」

「練習で絶えず走っている。地面は地球だから回る玉の上で足を動かし続けている、ってこと」

「へえ。自分を客観視してますね」

「宇宙規模で自分を客観視してる。だからさぞや読書家かと思ったら違った。全然本を読まない。そのくせ、なんで本を読むんだ、なんて突っかかってくる」

「なんて答えたんですか」

「暇つぶし。暇つぶしっていうくらいだから時間を殺す。でも面白い小説は、つぶそうとしていた時間が光り輝く。つまり、面白い小説は時間を止めてくれる」

「さすが作家さんですね」

「受け売りだけどね。お返しに、じゃあなんで走るんだって聞いたんだ。月に千キロも走るって言うからさ。哲学的問いだよ。当たり前の答えだったら、遊んでやらないって思った」

「走水さんの答えは？」

「人間の本能だって。人間の動きは静と動に分類される。現代人は静ばかりだから、走らないとバランスが崩れるってさ」

「なんか、ヘリクツですね」

「あいつはヘリクツ野郎なんだ。絶対にまともな答えを返さない。それが面白くてね。ただの運動部バカじゃないって思ったよ」

「アスリートって、クレバーじゃなければ一流になれませんけどね」

「従順じゃないってこと。当たり前じゃないってこと。ヘリクツって、結構大事なんじゃないかな。ああいうヤツが世界で闘えるんだね」

「たしかに、走水さんは従順なだけじゃないですよね」

「長距離走って、単調に足を交互に出す競技でしょ。それが現代人の脳の歪《ゆが》みをリセットするって。そんなエラそうなことも言う。タケルみたいにずっと走ってたら、リセットばかりになっちゃう。だから、たまには身体に毒を入れなきゃ」

「それで、酒やマージャンに誘ってあげたと（笑）」

「酒の誘いは全部断られたけど、マージャンは何度かやった。練習に遅れない範囲でね。そのとき、タケルはまだ補欠の補欠でね。箱根駅伝に出られたら、友達としてこんなに嬉しいことはないって励ましたんだよ」

「いい友達ですね」

「わたしの持論だけどね。箱根駅伝は大相撲なの。茶の間で酒呑みながらの観戦が似合うめでたい競技ってこと。マラソンも一緒だよ。しかも東京オリンピックだ。そこにタケルが出るってんだから、これ以上めでたいことはないよ」

「当日は、競技場で応援ですか」

「やっぱりテレビ観戦で応援だね。ホテルのスイートに大学時代のマージャン友達呼んで、シャンパン抜いてみんなで応援するよ」

「早朝から、いいですね」

「タケルとマージャン、やりたいな。金メダリストと、やりたい。やりたい」

「もしメンツが足りなければ、わたしが入ります」

「オーケー。約束したよ。絶対やろうね。早くやろう」

12

焦るな！

赤いシューズに言葉を吐いた。

ケニヤッタは必ず失速する。

早過ぎるって、そりゃこっちのセリフだ。

おまえこそ速過ぎる。二十キロ地点からスパートをかけなきゃ、ここで追いついてくることはない。

これも揺さぶりだ。ケニア勢得意の揺さぶりなんだ。

おれはおれのペースを刻む。釣られて足を速めてはいけない。

ケニヤッタの背中が二十メートル先にある。

離される感じじゃない。

差が三十メートルになった。

そこからは差は開かない。

三十秒、じっと足を出す。

ケニヤッタとの距離は変わらない。
突き放せないんだ。
ケニヤッタもいっぱいいっぱいなんだ。
風景が白い。白い小旗が沿道を埋め尽くしている。
じっと足を出す。
今日の走りの流れを読む。
スタート、脚が重かった。
我慢して足を出し、往路の神田付近で素軽くなった。
さらに素軽くなり、十八キロ地点でスパートをかけた。
二十八キロ地点まで予定どおり飛ばした。
ここでケニヤッタにつかまった。
足は出ている。
どこも痛くない。腰も脇腹も。
もう一風こないか。
もう一段、ギアが入らないか。
競技場に入ったらスピード勝負になる。
その前に、もう一風。

待つしかない。

しゃにむに仕掛ければいいってわけじゃない。

何度もレースで試した。後半、相手に釣られて無理に仕掛けて、タイムが良くなったことは一度もない。行けると脚が思ったときに行かなきゃダメだ。

頭よりも脚。この感覚、誰とも共有できなかった。

太郎とも、常盤木、丸千葉とも。阿久さんは理解はしてくれたが、「長くマラソンやっとるけど、初めて聞く理論やな」なんて言う。

おれだけの感覚。ひたすらロンスパをやってきた走水剛だけの感覚。

もう一風、必ずくる。

「きっとくるわ」

温子がおれを励ます。

ここで温子が出てきた。

やっぱり温子の笑顔はいい。悪いけど、おやじには退場してもらう。ここまで、ありがとう、おやじ。

そうだ。温子の問い掛けだ。

金メダル獲《と》ったらどうする。

熱狂の渦の中心で、そこからどう走る。

二十八歳。引退なんてありえない。
ずっと主役を張ってきた。当たり前だ。おれの人生のおれのコースだ。
それが情況と合った。その情況でも主役を張らせてもらった。
箱根は三度も走らせてもらった。今はマラソン日本代表だ。
いろいろあったけど、主役を張らせてもらってきた。
それを当たり前と思ってしまうと、温子の言う躁《そう》になるんじゃないか。
運がいいだけだ。おれは多くの人の代表なんだ。
多くの人の襷《たすき》を受けて、おれは走っている。
今、第一京浜を走っている。
箱根駅伝の――四年生のときのゴール前を思い出す。
アンカーなのに、おれは襷を外してゴールに走り込んだ。
誰に襷を渡すつもりだったんだ？
分かった。
なんとなく分かった。
おれはバンザイをしてゴールするような男じゃない。
今、襷は巻いてないけど、おれが襷を渡せばいい。
主役を降りるわけじゃない。おれの人生、いつだっておれが主役だ。

情況の主役の襷を、誰かに渡すんだ。

太郎だ。

太郎がいるから、こうして走っていられる。

おれの一番のピンチってなんだった？

オリンピックに向けた苛酷《かこく》な練習じゃない。何度か死にそうになったけど、そんなものはピンチでもなんでもない。

高校三年の秋。優一の死だ。

あのとき、太郎は手紙をくれた。普段はメールさえ寄越《よこ》さないのに。

思いやりが胸に沁《し》みた。太郎だって苦しかったはずなのに。

太郎の端整で涼しげな顔つき。人を見下すような冷たい目。おれはその表情が好きじゃなかった。見るだけでムカついてくる。でも、長く付き合ってきて慣れた。

今では、あの顔を見ると気持ちが和む。あの顔から「バカ！」が飛び出すと、嬉《うれ》しくさえなる。

太郎に襷を渡す。

おれが太郎のサポートに回る。

次は太郎に金メダルを獲ってもらう。

四年後、三十二歳。十分に行ける。

おれは胸の中で何度もうなずいた。
いいぞいいぞ。優一も喜ぶ。
おれの金メダルと太郎の金メダルがぶつかる音。それを優一に聞かせてやる。
温子、これでどうだ！
胸がさっぱりした。暑いけど。
大門だ。大門が見えてきた。
ここを曲がるとき、わずかに後続の様子が分かる。
前との距離は同じ。三十メートル。
ケニヤッタも粘っている。だが突き放せない。
やつも苦しいんだ。
左からの日差しが厳しい。風景が白く、眩《まぶ》しい。
大門を右へ曲がる瞬間。ギアが入るような気がする。
曲がった。
出た！　右上に東京タワーが出てきた。
どーんと出てきた。
往路では観《み》られない風景だ。
東京タワーの赤と白。日の丸カラーだ。

この感激がきっかけになるかと期待したが、ギアは入らない。まだだ。
ちらと右をうかがう。
後続が来ている！
二人が前後に走る。ケニア勢だ。
差は百メートルくらいか。
ケニヤッタと違い、躍動感がある。
やっぱり来た。来やがった。
前を行くケニヤッタがいなければ、阿久さんの想定どおりなのに。
「大門あたりやろな。ケニア勢が追いついてくるで。根性で逃げ切るんや」
最後は根性か――。
やっぱり甘くねえな、オリンピックは。
それにしても暑い。
史上最も苛酷なマラソンか。
史上最強の根性を見せなきゃ、勝ち切れないんだ。
力を出し切るんだ！
目が暑い。
サングラス、捨てなけりゃよかった。あの程度の揺さぶりに気持ちが動くなんて、おれもまだまだ。

おっと、勝負中に反省しちゃいけない。

東京タワーの紅白が裸眼ではっきり見えた。ブルーとオレンジも。それで良しとしよう。

増上寺を右へ。

増上寺越しの東京タワーが圧巻だ。

折り返しのスカイツリーを見逃すヤツはいても、東京タワーを見逃すランナーはいない。

つくづく、いいコースだ。

復路のほうがいい。風景に励まされる。

日比谷通りを北へ。

しぶとく足を出す。

ケニヤッタとの差が縮まらない。

風は南から吹く。追い風だ。

ここで一風くれば。

はっとした。さらに甘い匂《にお》いが後ろに。ケニヤッタとは違う匂い。

二人が迫っている。

阿久さんの予想、こういうところだけは当たるんだから。

○日本代表・走水剛を語る⑫
飛松紀世彦《きよひこ》（NHKアナウンサー　元修学院大陸上競技部員）

「インタビューのプロにお話をうかがうのは緊張します。どうぞお手柔らかに」

「肩の力を抜いてどうぞ。走水剛のことは、なんでも知ってますから」

「なんでも知ってるんですか」

「たいていのことは」

「それは頼もしい（笑）。では、大学時代の思い出をお聞かせください」

「いろいろありますけど。まず、いいニックネームを付けていただいたことですね」

「なんて呼ばれていたんですか」

「ファンキーです。ファンキー飛松。走水さんの命名です」

「由来は？」

「走り方がファンキーだということで。走水さんのせいで、後輩からも『ファンキーさん』なんて呼ばれるようになりました」

「髪型もファンキーでしたよね（笑）。ニックネームって、上下関係の距離を縮めますよね。走水さん、いい先輩だったんでしょう？」

「最高の先輩です」

「同部屋ですし、いろいろと語り合ったのではないですか」

「いえ、それがそうでもない。ほとんど話をしませんでした」

「なんで？」

「部屋に戻ると、すぐに寝てしまうんですよ。同部屋になったとき、ゆっくりと将棋を指せると思ったんですけど。ルールをよく知らないんです。走水龍治の息子なのに」

「そうなんですね（笑）」

「走水さんの寝付きの良さといったら、間違いなく金メダル級です。二段ベッドの上が走水さん、下がわたしだったんですが、あるときなど、『おい、ファンキー』と上から呼ばれたので返事をしたら、話が続かない。その瞬間、もう寝ていました」

「それはすごい（笑）。その呼び掛け自体、寝言だった可能性もありますね」

「全力で練習して、しっかり食べて、ぐっすり眠る。余計なことをしゃべらずにすぐに寝る。強いランナーは、こうでなければいけないと思いました」

「そんな走水さんとの、一番の思い出はなんですか」

「走水さんが四年、わたしが二年の箱根駅伝です。わたしは往路2区を任されましたが、太腿《ふともも》のトラブルで大ブレーキになってしまいました。後続がなんとか頑張って往路は十二位。一月二日の夜、さすがに落ち込みましてね。すると合宿所の部屋で、走水さんに叱《しか》られました。『まだレース中だ。反省したり落ち込んだりするのはやめよう』と。それでなんとか眠りについたのですが、夜中にうなされまして。2区の光景がよみがえってきて、半狂乱になってしまった」

「無念ですよね」

「午前三時ごろでした。走水さんがわたしを抱き締めて、一緒に泣いてくれたんです。妙な光景でしょうけど。身体《からだ》の震えを押さえてくれたんです。その後、夜明け前の多摩川土手を二人でジョギングしました。走水さん、その日のアンカーなのに」

「素敵な先輩です」

「走水さん、こう言っていました。走った後に悔し涙を流したことはあるけど、走る前に泣いたのは初めてだ。おかげでリラックスできた、と」

「飛松さんとの号泣が、走水さんの10区での猛追につながったんですね」

「わたしは、そう思っています」

「いよいよ東京オリンピックですが、走水さんにどんな走りを期待しますか」

「魂の走りです。彼は必ず金メダルを獲ります」

「獲って欲しいと思います。当日、飛松さんはどこに詰めているんですか」

「フィールドを担当させていただきます。競技場でランナーを待ち、金メダリストをインタビューします」

「楽しみですね！　飛松さん、帰国子女ですから、外国人ランナーへのインタビューも問題ありませんね」

「わたしのマイクを受けるのは走水剛です。どんな言葉をかけるのか、もう決めています」

「それを、教えていただくことは……」

「当日のお楽しみ、ということにしておいてください」

「期待しています。ところで、これは個人的興味なんですけど、飛松さん、ロングヘア、決まっていますね。NHKアナウンサーとは思えないような（笑）」

「ああ（笑）。これ、ウチの会社の許容範囲ギリギリなんですよ」

「規定があるんですか」

「いえ。鬱陶《うっとう》しいから切れって、上司から言われまして。何度か切って、文句を言われなくなった長さが今の状態です。中学校の校則じゃあるまいし、おかしいと思いませんか」

「とてもお似合いですよね」

「飛松の長髪が気に入らないから、受信料を払わないという人がいるそうです。そういうのを『坊主憎けりゃ袈裟《けさ》まで憎い』と言うのでしょうか。住みづらい世の中です」

「それは、なんとも（笑）。さすが、ファンキー飛松さん。今日はどうもありがとうございました」

13

風が強い。

熱風が背中に吹きつける。

日比谷通り。我慢の北上だ。

内堀通りに戻ってきた。

柳が南風に揺れている。

ファンキー飛松の長い髪を思い出す。髪をなびかせて、気持ちよさそうに走っていた。

あいつがＮＨＫのアナウンサーとは。最初に代表候補の練習を見にきたあいつに、「走水さん」と呼ばれて驚いた。学生時代は「タケ」と気やすく呼んできたのに。

あの能天気なイケメン顔が頭に浮かぶと、気持ちが少しだけラクになる。

皇居を左に見る一番気持ちのいいはずの道で、ひたすら我慢だ。

二重橋。

悲鳴のような歓声。

右側の風の流れが妙だと思った瞬間、抜かれた。

次々に抜かれた。
抜かれたな、と思った。
柳並木が笑っているように見える。
あっさりしたもんだ。
パレスサイドで日本人ランナーを抜くとは、いい度胸してやがる。
不思議と他人事《ひとごと》のようだ。
でも、もうダメだとは全然思わない。
それほど差は広がらない。
こいつらも、いっぱいいっぱいなんだ。
ケニア人だろうがエチオピア人だろうが、ツライときはツライんだ。
後ろの情況は分からないけど、いったい何人リタイアしたんだろう。
おれが二人の背中に付いた。
三人でケニヤッタを追う。

○日本代表・走水剛を語る⑬
入江薫（上州南陵高校陸上部監督）

「走水さんには走行中の流儀があると。高校時代に入江さんから教えられたということですが」

「流儀というか、感謝ですね。お世話になった人たち一人ひとりの顔を思い浮べながら、自分がこうして元気に走っていられることに感謝しろ、ということです。そのことはウチの部員全員に話しています。それを忘れずにやってくれているとは、嬉《うれ》しいですね」

「すばらしい流儀だと思います。いいお話というだけでなく、ランニングの技術的にも有効だということですが」

「諦《あきら》めなくなります。自分のためだけに走ると、自分の気持ちが折れたらおしまいです。しかし感謝しながら走れば気持ちは折れません。感謝の束が太ければ太いほど、自分はみんなの代表として走ってると実感し、気持ちが強くなります」

「気持ちの強さという言葉はよく耳にしますけど、感謝の束とは。具体的でよく分かりました。走水さん、オリンピックでは、入江さんのお顔を思い浮べるんじゃないですか」

「わたしなんか。でも、その流儀とは関係なく、タケルの胸には、いつも優一がいます」

「優一？」

「幸田《こうだ》優一です。三年生の夏に事故で亡くなりました。中学も同じで、タケルが一番親しかった同級生です」

「そうだったんですか」

「タケルは人の二倍以上の努力をした。優一の分もです。優一もまた、がむしゃらに走る男でした。だから二倍ではとても足りないと思ったはずです。高校を卒業してからここまでの、タケルの頑張りは想像以上だと思います」

「ずっと走水さんを取材してきたつもりでしたが、優一さんのことは知りませんでした」

「自分からは言わないでしょうから、わたしが話しました」

「ありがとうございます」

「もうひとつ、話させてください。タケルへのファンレターが最近高校に届きました。優一が自転車で突っ込んだトラック、その運転手からの手紙です。小学校高学年になった息子が、陸上の長距離を始めたそうです。地元の英雄としてタケルのことを応援していると。うちの高校に入りたいと言っているそうです」

「胸が熱くなります」

「事故のことを息子に話したかどうかは知りませんが、よく長距離をやらせたものです。事故は優一の不注意によるものでしたが、あいつの粗忽《そこつ》のせいで運転手の人生も狂ってしまった。でも息子が長距離を始めて、優一の親友のタケルを応援してくれている。将来はマラソンをやりたいと言っているそうです」

「今、マラソンを目指す中高生が減っているそうですから、頼もしいです」

「成人のマラソン人口は増えているのに、世界を目指す若者は減っています。長距離走が似合わない時代です。なんでも簡単に短時間に手に入る。苦労がない。我慢することが少ない。それが当たり前になっている中高生にとって、面倒臭くて苦しいばかりの長距離走は敬遠されがちです。様々なことがどんなに便利になっても、スポーツの本質は絶対に変わりません。マラソンの練習は辛《つら》いことばかりですから」

「準備に時間がかかるし、コンディション作りも難しいですからね。でも、そこがマラソンの魅力でもあるんですよね」

「長い時間、自分を律して準備をして、レース当日を迎える。本番中も様々な変化があり、それに全力で対応する。その面白さ、やりがいの大きさを若い人に知ってもらいたいですね。マラソンは準備の競技です。スタートラインに立つ前に八割の仕事は終わっています。少なくともスタートラインに立った時点で、マラソンランナーは自分に勝っています」

「マラソンを観《み》て感動するのは、ランナーの様子から、そういう深みが読み取れるからですね」

「万人に伝わると思います。男子マラソンはお盆の直前です。きっと優一も迎え火に導かれ、地上に戻ってきて、タケルのレースを見守ってくれることでしょう」

14

竹橋に入り、平川門を背にする。

久々に高架下を通る。

新橋からここまで、高架の影がなかった。

白山通りを飛ばす。

左の出版社ビルに「頑張れ日本代表！　あと少しだ！」と垂れ幕がある。行きと帰りとで差し替えてくれたんだ。心遣いに感謝！

東京ドームを目指して北上している。しかしドームの屋根は見えない。

その代わり、遊園地の観覧車、ジェットコースターのコースが空に浮かぶ。

伊勢崎の華蔵寺《けぞうじ》公園を思い出す。

群馬の高校駅伝県大会からここまで、我ながら良く走ってきた。

あのときは、区間の八キロちょっとがキツかった。

チームみんなで必死に襷をつないだ。高校の入江監督は「襷は焼きたての焼き饅頭《まんじゅう》だ。ほかほかのうちに仲間に渡せ」と言った。巧《うま》いことを言う。指導者はいい言葉をくれる。

阿久さんは別だけど。

ＪＲ水道橋の高架を潜ると、いよいよ外堀通りだ。

このとき、ちらっと東京ドームの円《まる》い屋根が見えた。焼き饅頭のようだ。

右に黄色いビルが見えた瞬間。

すっと背中が軽くなった。

きた！

やっときた！

脚に力を込めた。左折して外堀通りを行く。

十歩分、すっと飛んでいるようだ。

背中に羽が生えた。

左上の高速の影がありがたい。最高に走りやすい。

二人目の細い背中に付いた。首筋の汗まで見える。

風向きのせいか、これだけ接近しているのに、甘い匂いがしない。

行けと思う前に、身体が勝手に動いている。

飯田橋の五叉路《ごさろ》で、一人、二人と抜いた。

前のケニヤッタにぐいぐいと迫る。ケニヤッタの身体が左右に揺れている。

右に並んだ。

「お待たせ」
そう言ってすぐに抜いた。
ざまあみろ。このセリフ、いつか言ってみたかった。
でも——。
市谷のあたりで、急にがくっときた。
風は意外にも早くやんだ。
もう、終わっちゃうの？
背中の羽があっさりともげた。
みるみるうちに脚が重くなる。
スタート時の脚の重さの何倍も。
こういうことがあるんだ。マラソンってのは。
ただ走るだけの競技なのに、まったく簡単じゃない。
ここからが長い。
ここから緩やかな上り坂が続く。
勝負は帰路の外堀通り。共通認識だ。
これは……ちょっとヤバい。
ケニア勢三人を抜いて、力尽きたか。

行きに見たピザ屋も目に入らない。
傾斜がキツくなってきた。
今日、一番苦しい。
ここまでの強がりのツケが、全部きた。
ひどい。
経験したことのない疲労感だ。
史上最も苛酷なマラソン。
終盤でそう感じる分、まだマシか。
しかしひどい。
この暑さの中、浅草を回ってきて、最後に四谷の上り坂だ。
頑張るとか根性とか、そんな感覚じゃない。
ただ、走っている。
ただ、足を出している。
ただ、傾斜を上っている。
意志じゃない。
これまでの練習を身体が覚えていて、自動運転している。
箱根駅伝でも、山上りを走ったし。

でもあのときは涼しかった。寒かった。

今はただただ暑い。

史上最も苛酷なマラソン。

そのコースでも一番苛酷な場所だ。

三十万先輩は低体温症と脱水症状で足を止めてしまったけど、暑いと止まることすらできない。

ブレーキがかからない。

暑さで、ブレーキパッドが溶けてしまったのか。なんだそりゃって感じだ。

金縛りのようだ。走りながら金縛りにかかっている。

急に不安になる。

このままじゃ、ゴールしても止まれない。

阿久さんと太郎が止めてくれるはずだけど。

ツラさや苦しさも消えてしまった。

やばい。これがランナーズ・ハイか。飛び切りのランナーズ・ハイだ。

ようやく坂を上り切った。

四谷だ。

視界の奥の迎賓館が美しすぎる。蜃気楼《しんきろう》のようだ。

白い宮殿。あそこは天国か。
真《ま》っ直《す》ぐ行ったら死ぬのか。
手前の白に目をやる。先導車に従い、「四谷見附」を右折。
新宿通り。ずいぶん前にここを走った感じがする。
ボロボロになって帰ってきた。
よく曲がれた。意志で曲がったわけじゃないのに。
「四谷三丁目」を左。
しばらく意識が途切れた。
気が付けば「左門町」。
視界の右奥に緑がある。
神宮の森。
あそこがゴールだ。ゴールには緑が生い繁る。

○日本代表・走水剛を語る⑭
清崎尚子（群馬県高崎市中学陸上部顧問）

「走水さんを短距離から長距離に転向させたそうですね」

「あれから十年以上経《た》ちました。早いものです」

「中学生当時の、走水さんの練習の様子をお聞かせいただけますか」

「それほど、はっきりとは。彼もまた、何百人いるわたしの教え子の一人でしかありません」

「そりゃそうでしょうけど」

「日本代表だから、曖昧《あいまい》な記憶を無理に明確化して、『彼はどこか違っていた』と言うのは、ちょっとね。彼は長距離に転向してすぐで、陸上部員として突出した記憶はないんですね」

「では、性格的な面はいかがでしたか」

「そっちのほうは印象深いです。走水と、今彼のコーチをやっている時崎と、そして幸田優一の三人が仲が良くてね。時崎は当時からソツがなかったものの、走水と幸田は怒られてばかりで」

「すごいことですね。オリンピックに、教え子を送り込むなんて」

「……走水のこと、いろいろと取材しているようですね」

「高校の入江さんにもお話を聞きました。幸田優一さんのこと、走水さんは一時も忘れていないって」

「あれから……走水は、よく立ち直りました。辛かったと思います。時崎も辛かったでしょうけど、走水と幸田は高校でもチームメイトで双子のようでしたから。無鉄砲で、恐いもの知らずで」

「立ち直ったのは……長距離走のおかげだったんですね」

「本人がそう言いましたか」

「いいえ。走水さんはなにもしゃべってくれません。多くの関係者にお話をうかがってきて、そう思いました」

「一歩一歩をしっかりと出す。目線を定めて、長い時間走る。それだけで、気持ちの散らばりがまとまり、救われることがあります。走水は、そういうことに自分で気づき、高崎の自宅から下仁田《しもにた》まで、毎週のように往復したそうです」

「清崎さんや入江さんが、アドバイスしたわけではなかったのですね」

「走水に意見できるのはお父さんだけです。お父さんにこう言われたそうです。『普通の顔をしていなさい。友達の死に、おまえが悲しんでいるのは誰にでも分かる。そういうときこそ、悲しみを発散させてたり、気丈に振る舞ったりしてはいけない。普通の顔をしていなさい』と」

「走水九段、いいことを言いますね」

「でも走水には、それができなかった。悲しみが深すぎて、感情と表情をコントロールすることなんてできません。それで、彼なりに考えたのが走ることです。走っているときには、悲しい顔も普通の顔もないからと」

「ふと気づいたんですけど。走水さんは、誰かからなにかアドバイスを受けると、アレンジして膨らませて、自分流に持っていくところがありますね。言われたとおりにやるのが当たり前なのに」

「そうかもしれませんね。物分かりはそれほど良くないんです。でも、ときどき優等生を超えるようなことがありましたね」

「具体的には？」

「三年の夏休みに作文の課題を出しました。『わたしからみた○○君（さん）』というもので、クラスメイトの長所短所を書く。一人につき原稿用紙二枚。一クラス三十六人でしたから、三十五人分書くわけですね」

「たいへんな課題ですね。原稿用紙七十枚書くわけでしょう」

「一日一人分書けば、夏休みにちょうどいい。友達の顔を思い浮かべて、真剣に書く。ふざけたもの、いい加減なものは何度も書き直させました。『○○君のことはよく知らない』といった無関心も許しません。友達のことを、細かく考えることが大切です」

「たいへんですけど、素晴らしい課題だと思います。生徒は三十五人分の原稿を受け取るわけですね。自分が友達からどう思われているか。自己相対化ができます。中三という難しい時期には、大切なことですよね」

「三十六人分です。担任のわたしも書きますから。原稿を小冊子にして、本人に渡します。それを宝物にしている生徒も多いようです。だから、しっかりと書かせます。走水の最初の原稿はひどいもので、ちっとも心がこもっていなかった。厳しくダメ出ししました。『田中君は、そこがすごいと思いました』という感じで。『すごい』をもっと具体的に、田中にしかないすごさを自分の言葉で書けと」

「文章を書き慣れていないでしょうし、友達のことなると照れもあるし。なかなか筆が進まないんじゃないですか」

「走水の書き直しは、目を見張るほどの出来でした。彼は、友達の〝目〟に注目しました。相手の目をじっと見るクセがあって、それを活《い》かしたんですね。ダメ出しすると、期待を上回るものを持ってきます」

「走水さんは、クラスメイトから、どのように書かれていたのでしょう」

「それは、本人に聞いてください」

「そうですよね（笑）」

「わたしが書いたものはお教えできます」

「ぜひ、お願いします」

「忘れられない両親の言葉、という作文で、君はお父さんのことを書いていましたね。『損得感情で動く男になるな。みみっちいことはするな。うまく立ち回るようなことはするな』と。素晴らしいお父さんです。お父さんの言葉どおり、君は背骨がしゃんとしていていい。と、そう書きました」

「やはり、お父さんの影響が大きいんですね」

「男の子は、そういうものかもしれません。特に父親と長男の場合には。独特の緊張感がありますね」

「走水さんのことを、優一さんはなんて書いたのでしょう。どうしても気になります」

「オリンピックのことが書かれていました。走水は中学のころすでに、オリンピックで金メダルを獲るとクラスで宣言していたのですが、誰も真に受けませんでした。でも幸田優一だけは信じていました。優一にしてみれば、オリンピック出場は当然のことで、金メダルを信じていると思います」

「胸が震えます」

「走水剛は、必ず、金メダルを持って幸田優一の墓参りに行きます」

15

競技場が目前だ。
帰ってきた。
長かった。
暑かった。
一生分の「暑い」を使った。
風景が揺れる。身体が安定していない。
トップで帰ってきた。
ボロボロで帰ってきた。
身体の中にはなにも残っていない。
なにもない。
腹筋チャレンジもネック強化も、ロンスパ練習も。成果なんてなにもない。
全部使い果した。
両脚の痛みもない。痛みを感じない。

魂だけがある。
歓声がすごい。だけど無音にも思える。
夏の盛り、蝉時雨《せみしぐれ》の中を走ったときのように。
後続の様子は分からない。離れているようだし、すぐ後ろにいるようでもあるし。
何分、先頭に立った？　ほんのちょっとだ。
ロングスパートで逃げ切る。プランどおりになるほど甘くなかった。
もう一度時計に目をやる。
ゴール、二時間二十分を切れるかどうか。
阿久さんの読みが当たった。
ベストを尽くした。悪くない。頑張ったんだ。
それでいいじゃないか。
雷門の折り返し前で、脚を使ってしまった。
あれはまったくの想定外だ。
それなのに、メダルは確実だ。
快挙なんだ。
色なんてどうだっていいじゃないか。
言い訳か――。

目をつぶって白い風景を消した。
言い訳をひねり出している。
そういうのが、おれは一番嫌いなはずなのに。
こんなときに。一番大事なときに、言い訳をしている。
おれはそんな男じゃないはずなのに。
いや――。
その程度の男だ。
なにもかも使い果した今、言い訳を考えた。それが本性なんだ。
走水剛。
真っ直ぐな男だと思ってた。
だけど違った。その程度の男だ。
涙なんて出るわけないのに、目頭が熱くなってきた。
頑張ったじゃないか。頑張ったのに、なんでそんなことを思うんだ。
おれが分裂している。
その瞬間、右に風圧を感じた。
甘い匂いだ。
並ばれた。ケニヤッタか？

急に聴覚が戻った。

大歓声だ。足音も聞こえる。

後ろにも二人！

追い込んできた。まったくしぶとい連中だ。

スタートから揺さぶって、揺さぶり続けて、レースを支配して、メダルを独占しようっていうのか。

目前で、その光景を見せられるのか。

そのままで十秒経った。三つの息遣いが荒い。

連中もいっぱいいいっぱいなんだ。

おまえら、この猛暑で、よく心が折れなかった。誉《ほ》めてやる。

「剛《たけ》！」

鋭い声が聞こえた。はっとした。

大歓声の中でもはっきりと分かる声。

左の沿道だ。

おやじだ。

おやじがいる。

紺のスーツにネイビーブルーのネクタイ。この暑いのに。

「遅い！」
おやじの眼鏡ヅラが後ろに流れて消える。
遅い？
なんだ、そりゃ。
頑張って戻ってきたのに。ボロボロで帰ってきたのに。
励ましじゃない。一喝じゃないか。
遅い？
そんな言葉、初めてかけられた。
速いか遅いか。おやじにとってはどっちかなんだ。
勝つか負けるか。おやじらしい。
金メダルを獲る。おれはおやじに宣言した。それ以外は叱責《しっせき》される。
おやじに誉められたいわけじゃないが、ぐずぐず言われるのはイヤだ。
冗談じゃない。
ギアが入った。
もうこないと思った最後のギアだ。
魂だけが前のめりになり、足がなんとかついていく。
甘い匂いが消えた。

しかし、おやじ。

遅いってなんだよ。

これほどひどい言葉があるか。

「なに言《ゆ》うてるのよ」

この忙しいときにまた温子が出てきた。珍しく目が怒っている。

「ずっとタケルを待っとったんやないの。この猛暑に正装で。十時から対局があるんやで。ここでオトンが言葉をくれたことが大事なんやないの」

この嫁は完全におやじ派だ。

分かったよ。

遅かったよ。

まだまだ遅いよ、おれは。

そうか。今日は対局日か。十時までギリギリだ。

それで「遅い」なのか。

じゃあ、おれのゴール、見てくれないのか。

見ないよな、おやじなら。

競技場のゲートが見えてきた。

16

縦長の長方形のようなゲートから観客席が見える。
そのフレームいっぱいにぎっしり満員の観衆。
胸が震えた。ボロボロなのに。
全身が燃えるように熱い。
トラックに入った。
すさまじい歓声だ。歓声が降ってくる。
一番に帰ってきたんだ。走水剛が。
足を出す。
もう体力なんて一ミリも残ってない。
トラックが暑い！　とびきり暑い。
観衆の熱気のせいか。最後の最後で、この暑さか。まったくひどいマラソンだ。
でも、その熱気が、おれの背中を押す。
歓声が走水コールになった。

初めての経験だ。

こりゃすごい。

目線を上げるのもしんどいが、観客席を見ると胸が熱くなる。

今、おれの体温って何度だ。

できれば給水を取りたいけど。水、飲みたい。

最後のトラック内の給水、アリなんじゃないか。とにかくラスト頑張れ、ってことだろうけど。

コーナーを曲がる。左の視界に長い脚が見えた。

ケニヤッタだ。三十メートル差か。

他の二人も競技場に入ってきた。

あと三〇〇メートル。

本当になにもない。後ろのことを、考える余力はない。

向こう正面の直線に入る。

「走水！　走水！　走水！」

コールの大音量が後ろから迫ってくる。

後ろからの声援がいい。

前からは？　ちょっと違う。いや、かなり違う。

「そのまま！　そのまま！　そのまま！」

阿久さん得意のセリフだ。それをみなが大合唱する。おれは競走馬か。

でもいい。前に引っ張られる。

「そのまま！」が悲鳴にも聞こえる。

ケニヤッタが迫っている。

振り返る余裕はない。

足を出すだけだ。

次のコーナー、前しか見なかった。

来れば分かる。匂いで分かる。

来るな！　来ないでくれ！

もう、あの匂いは嗅《か》ぎたくない。

最後のコーナーを回った。

直線だ。

歓声はもう聞こえない。大音量過ぎて無音になった。

走水剛、頑張れ！

あと少しだ。

おまえはみんなの代表なんだ。

頑張れ！　頑張り切れ！

それが代表だ。

切り離せ。頭と脚を切り離せ。苦しいと感じる頭を切り離せ。

トップでゴールを駆け抜けろ。死んでもいいから。

死んでもいいから。

「死んじゃだめだろ」

誰だ、こんなときに。

「さっき決めたんだろ。襷を太郎に渡すんだろ」

やさしい表情から気取った声が出る。いつでも語尾が笑っている。

優一。

やっと出てきた。

必ず優一と走るときがくると思ってた。

このタイミングか。

「すぐにお盆だ。墓参りに来て、金メダルを見せてくれ。墓にぶつけて、音を響かせてくれよ」

分かった。分かったよ優一。

足を出す。腕をめちゃくちゃ前後に振る。

追い風だ。

熱風の追い風だ。

久しぶりに、自分の意志で身体が動いた。

「おいタケル。ゴールしてもブレーキをかけるなよ。あと五十メートル走って倒れ込め。太郎と阿久さんが受け止めてくれる」

分かった分かった。ノーブレーキボーイだからな。ボーイというには、もういい歳《とし》だけど。

優一がニヤリと笑った。

よし優一、まかせとけ！

あと三十メートル！

風景が揺れる。

右から甘い匂いが迫ってきた。追い風にケニヤッタの匂いが混じる。

来やがったなケニヤッタ。

あと二十メートル！

匂いは強くならない。

あと十メートル！

息遣いが迫ってくる。

あと五メートル！

入った！

約束どおりノーブレーキだ。

歩み寄ってきた太郎の胸に、飛び込んだ。両手で、しっかりと太郎の胸を押し、すぐに白いシャツを握り締めた。

「タケル！」

太郎の声が聞こえる。冷たい水が頭に降ってきた。

目を開けて振り返ると、ケニヤッタが倒れている。

「よく我慢した。よく頑張った！」

太郎の声が弾む。太郎の目が大きい。本当に太郎か？　というくらいに表情が弾んでいる。

だけど、うなずけもしない。

「だいじょうぶ。きっと勝ってるぞ」

きっと？

おれは差し出された水を飲んだ。

気づくと、目の前で帽子を脱いだ阿久さんが手を叩《たた》いている。坊主頭がまぶしい。

「写真判定や。前代未聞や」

写真判定！

阿久さんの言葉に、反応できない。

ケニヤッタがぎりぎりで突っ込んできたんだ。そんな気配、感じる余裕はなかった。

「写真判定いうのは物のたとえや。シューズに着けたチップの測定や。ちょっと時間がかかるんや。シビれるで。そのまま、逃げきった思うんやけどな。ケニヤッタも、よう差して来おった」

シビれる余裕がない。本当になにも残っていない。

「なにもかも前代未聞や。オレのレース展開予想も、外れっぱなしなわけや。本人が、プランと違うことばっかしよってからに。このアホ。ロングスパート、早すぎや。ヒヤヒヤしたで。そもそも、倒れたランナーを助けるアホがどこにおる？　それで金メダルなら世界新の前代未聞やで」

聞き流しながら、水を立て続けに飲んだ。

「タケル、クールダウンだ」

太郎に促された。

ちょっと待て。もう少し休ませてくれ。

「最高のクールダウンだ。トップでゴールインしたランナーの特権だ。競技場の全員が、タケルに声援を送ってくれるんだぞ」

そうだな。
太郎にしては気の利いたことを言うじゃないか。
差し出された太郎の手を取り、おれは腰を上げた。

17

いったん静まった歓声がまた大きくなった。
みなが立ち上がり、両手を挙げている。
「優勝、走水剛！」
場内アナウンスが流れた。スクリーンにおれの名前が出る。
タイムも出る。
二時間十八分八秒八。
ケニヤッタは八秒九。
〇・一秒差なんて。短距離走じゃないんだから。
声援の差だ。
競技場の大声援のおかげで勝てた。
ケニヤッタに勝てた理由は、それしかない。
次に映像が出た。
おれが映っている。全身が疲弊している。やけにしょぼくれた顔をしている。

テレビカメラが近づいている。今のおれの姿か。疲れの極限で、目線が下に行く。

歓声がさらにさらに大きくなる。歓声は青天井なのか。新競技場、天井がなくて正解だ。

二時間ちょっと前のおれと、今のおれ。なにか違うのかな。

七時半、代表三番手だった。それが十時前には金メダリストだ。

東京オリンピックを走り終えて、おれは変わったのか。

よく分からないけど、今日も走りながらいろいろなことを思った。

走りながら、答えを出したこともある。

そのぶんだけ、走る前よりはマシになっているんだろう。

でもまあ、よく走ったよな。終盤の自動操縦状態。あれは自分の意志じゃなかった。陳腐だけど、マラソンの女神が、ちょっとだけ微笑《ほほえ》んでくれたとしか言いようがない。

「ハシリミズ」

ケニヤッタがよたよたと寄ってくる。

「おめでとう、ハシリミズ」

白い歯が輝いている。表情もいい。おれにはなにも残ってないのに。

細い身を寄せてくるから、おれはケニヤッタの細い身体を抱き留めるようになった。

「よく走ったね」なんて言う。ケニヤッタの細い肩を叩いてやった。

「さっき、おれはひどいことを言ったね。ごめん」

素直に言葉が出た。ケニヤッタは小さい頭をただ揺らしている。

よく戦った。

もしケニヤッタが猛追してこなかったら……。おれの粘りが出たかどうか。

「金メダリストは忙しいと思うけど、京都で、鱧《はも》、一緒に食べよう」

「おお。その前にこっちで鰻《うなぎ》食おう。陸連がおごってくれる」

「鰻《まむし》もいいね！　約束だよ」

甘い匂いが離れていく。

それにしても、暑かった！

「走水さん！　おめでとうございます！」

今度はマイクが寄ってきた。

金メダリストインタビューだ。

こういうのは苦手なんだけど。

でも妙に胸が温かくなる。声に聞き覚えがある。

「素晴らしい走りでした。日本中が感動しました。最高のロングスパートでした。ナイス根性！　ナイス・ガッツ！　よくぞ走ってくれました！」

顔をあげると、背の高い男が微笑んでいる。

長髪で整った顔をしているから、マラソンの女神かと勘違いした。

この暑いのに、ずいぶんと爽《さわ》やかな笑顔だ。

ファンキー飛松！　ファンキーじゃないか！

ちょっと髪が短くなったな。

ファンキーの整った目鼻立ちを見て、ようやく元気が戻ってきた。

「猛暑の中、我々の大きな期待に応《こた》えてくれました。走水剛、よくぞ頑張ってくれました。最高の戦いでした。ナイス・ファイト！　ナイス・デッドヒート！」

ファンキーと目が合う。大きな目が揺れている。

こんなときなのに、箱根駅伝往路の夜を思い出してしまう。

「世界一のランナーになりました。世界一の喜びの声を、世界中に聞かせてください」

マイクがおれに向けられた。

弱ったな。プレッシャーをかけるなよ。

この後、転倒ランナーを助けたこと、きっと聞かれるんだろうな。さっき阿久さんに、世界新の前代未聞って言われちまったし。

覚えてないと、ケムに巻くしかないか。

大声援、ありがとうございました。とりあえずそう言おうと口を開けた。

すると、すっとマイクが降りていく。

マイクを握るファンキーの右腕が下がっていく。

なんだ、どうした。

ファンキー、身体を震わせ、泣きだしてしまった。

なんで、おまえが泣く！

「すみません。こんな感動、ありません」

言葉を震わせて泣くから、思わずファンキーの肩を叩いた。あの夜みたいに。

「走水さん、マイクを」

カメラの後ろのディレクターがささやく。

でも、ファンキーを差し置いてマイクなんて握れない。

「ファンキー、しっかりしろ。自分の仕事をしろ」

おれもささやくと、マイクが地に落ちた。

「タケ、ありがとう！」

抱きついてきやがった。

ファンキーの匂いは上品だ。柑橘《かんきつ》系の甘い香り。洒落《しゃれ》者め。

いい匂いを嗅いでいるうちに、おれも泣けてきた。

ゴールして最初に抱き合うのは、温子と決めていたのに。

しょうがねえな。

おれはファンキーを抱き締めた。自分の腕が震えている。

○　○

陸上ジャーナル記者、乾公美はプレス席で絶叫した。

立ち上がり、「やった！」と叫び、飛び上がった。

走水剛が勝った。金メダルだ。

自分が追っていた日本代表が世界一に輝いた。

誰彼かまわず手を合わせてハイタッチしたい。

しかし気が付けば、周囲の記者たちはみなトラックに降りている。自分だけが記者席にぽつねんとたたずんでいる。

早く取材の輪に加わらなければ。乾は我に返った。

だが。NHKのインタビュアーと抱き合っている勇者を見ているうちに、乾は再び席に腰を下ろした。

足が動かない。

走水剛が金メダル。

嬉しい。最高に嬉しい。嬉しいに決まっている。

ずっと取材してきた代表選手だ。本人は口が重かったものの、周辺取材には相当な時間をかけてきた。本人以外は驚くほどの冗舌ぶりだった。あの走水龍治九段でさえ。

まさか金メダルを獲るとは思っていなかった。三番目の代表だし。

取材に応じた全員が、走水剛の金メダルを信じていた。

信じきれなかった自分を恥じた。

競技場を覆う歓喜の声に、乾は背筋を伸ばした。

金メダルは最大級の快挙には違いない。ずっと走水剛を追ってきた自分にも、仕事上でなにかしらの恩恵があるのだろう。

だが、そんなみみっちいことはどうでもいいと思った。

走水剛が金メダルを獲った。なにものにも代えがたい感動だ。

なぜ、自分は走水にひかれたのか。

担当決めのとき、乾は走水番に立候補した。デスクに指名されたわけではない。

なぜ、常盤木浩や丸千葉輝ではなく、走水剛だったのか。

走水剛のいいところは、取材を通じて分かったことだ。

立候補した時点では、平凡なタイムの「第三の男」だったはずだ。

そのことが乾は不思議だった。

走水剛にひかれた理由が自分でも分からない。

阿久監督とは旧知の間柄だから、取材がしやすいと思ったのか？　そういう打算があったのか？　たしかに、それもあった。しかし核心ではない。

走水剛には、自分の琴線に触れるなにかが確実にあったからだ。

それが今、分かったような気がした。

時崎太郎が話していたこと。「目の前にあることに手を抜かない。優先順位を付けずに一所懸命にやる。だから、あいつの周りには人が集まる」ということ。

乾自身もまた、走水剛に吸い寄せられたのだ。

自分も走水剛のようになりたい。そういうことだ。

要領よく立ち回ることをせず、損得勘定で動かず、手を抜かず、期待に応えるために一所懸命にやる。

自分も、そういう人間になりたいのだ。

そうじゃない人間は大勢いる。仕事や人間関係に優先順位を付けて、下位の対象をバカにする。そんな人間が会社にもうようよいる。自分だってそうだ。「この仕事は、力半分で」なんて思ってしまうことがしょっちゅうある。

一方で、そんな姿勢ではダメだと思う自分もいる。

一流のスポーツジャーナリストになりたいと乾は思っている。要領の良さだけでは一流にはなれない。薄っぺらな人間には、アスリートの心を開かせることはできない。

ただ、同じように勤勉なマラソンランナーは大勢いる。真面目《まじめ》なアスリートは大勢いる。

なぜ走水剛なのか。

乾は取材を通じて確信した。

高校三年の時に永別した幸田優一。彼の存在が走水剛の魅力の源泉なのだ。二度と幸田優一と会えないことが、走水剛をマラソンの道に誘《いざな》ったのだ。

おそらく、走水剛が幸田優一と出会えるのは、走っているときだけなのだ。しかも体力気力の限界を超えたとき。きっとそのとき、幸田優一が声をかけてくるのだろう。

そうか。乾は力強くうなずいた。

相生武仁の言っていた「ケツ桜」だ。走水剛の「ケツ桜」は、幸田優一との会話なのだ。

幸田優一が眠る場所を時崎太郎に聞き、乾は夏の前に南上州を訪れた。オリンピック前に、彼に会わなければ、と思った。

墓に向かって走水剛のことを聞いてみた。もちろん、答えが返ってくるはずもなかった。

走水剛は、近いうちに金メダルを鷲摑《わしづか》みにして幸田優一の許《もと》を訪れるのだろう。

そう思って記者席で肩の力を抜いたときに、乾の心に、語りかけるような声が聞こえた。

誰かが走水剛にエールを送っている。

言葉ひとつひとつが、はっきりと聞こえる。

それを書き取るために、乾はペンを取った。

○日本代表・走水剛を語る⑮
幸田優一

やったな、ノーブレーキボーイ！

スタートからずっと見てたぞ。って言うか、いつでもオレはタケルを見守ってるんだぜ。走るとき限定だけどな。

でもタケルはしょっちゅう走ってるから、オレも結構忙しいんだ。

今日はとびきり暑かったな。

ラスト、オレも気合いが入っちゃってさ。思わずタケルに念を送っちゃったんだ。

今までの走りの中で、一番良かった。

マラソンって、面白いな。オレも走りたかったよ。でもマラソンの面白さはタケルを通じて感じさせてもらった。タケルの気持ちが、はっきりと伝わってきた。二時間十八分八秒八の間、ずっとだ。

とりあえず、ゆっくり気持ちと脚を休めてくれ。

忙しくなると思うけど、南上州の墓に、みんなで来い。

花とか線香とか、そんなものはいいから。焼き饅頭を買ってきてくれ。

それから、東京ドームの屋根は焼き饅頭じゃない。あれはどう見たってメロンパンだ。

18

金メダルを獲るのは、立て続けにマラソンを走るようなものだ。

その後がメチャクチャに忙しい。

表彰式を終え、おれは競技場の医務室に運ばれた。いろいろな検査を受け、点滴も受けた。全身疲労がひどく、閉会式への出席は辞退した。

ファンキー飛松の顔を立てて、当日深夜のNHKに生出演したが、ひどく気疲れしてしまった。全民放から出演依頼がある。やってられない。

それを阿久さんに話すと「入院せい」と言う。

「猛暑での激闘や。すぐに救急車に担ぎ込まれても不思議やなかった。一週間ベッドで寝とれ」

そんなのはイヤだと首を横に振ると、「ほな、群馬の実家で休んでろ。大阪のマンションのほうは報道陣でうるさいやろうから。しばらく身を隠しとけ。あとはこっちでやっといたるから」と言うから任せた。

「おまえさんが出えへんでも、感動の映像はいくらでもある。倒れたランナーを助けたシーン。あれは掟破《おきてやぶ》りのアホやった。その後のメチャクチャなスパート。復路の銀座は圧巻やったで。大観衆がおまえさん一人を応援しとった。おまえさんが東京の空気を全部持っていってしもうた。スパートかけてトップになった恩恵や。あとはケニア勢とのデッドヒート、表彰台。それに、ゴール後のインタビュー。インタビューになってなかったけどな。あれこそ前代未聞や。マイク落としたらアカンよ。職務放棄や。飛松、普通は飛ばされとる。首がつながったんは、金メダルによる恩赦や」

出演時の金メダル露出は必須《ひっす》というから、メダルを阿久さんに託した。

そういやあのメダル、みなが触らせてくれと言うからそのとおりにした。阿久さんなんて頬摺《ほおず》りしていた。おれの指紋はほとんど付いてないんじゃないか。

実家に戻るまでの数日、東京のホテルに滞在することになった。取材攻勢のために陸連が奮発してくれた。だけど取材は阿久さんに任せたから、案外時間がある。

マラソンの二日後、約束どおり「川千葉」へ行った。温子と一緒だ。

常盤木は歩けないくらい疲弊している——ということで不参加。丸千葉は婚約者を連れて店にやってきた。丸千葉と一緒に鰻を味わう。本番中にも頭に出てきた最高の場面だ。

大事なことを忘れていた。丸千葉は八位、常盤木は九位だった。競技場に帰ってきてから、ラスト百メートルまで競り合っていた。最後は丸千葉が引き離して入賞を果たした。代表の仲間のことを、おれは気に留める暇がなかった。

「陸連おごり」は常盤木の都合のいい時に回して、今日は「メダル持ち」の鰻だ。婚約者も

四人でビールを飲んだ。世界一美味《うま》いビールだ。おめでとうと丸千葉が言う。婚約者も言う。温子は「おつかれさまでした」と丸千葉に声をかけた。

すぐに店主がやってきて記念写真を撮った。店にいた客が集まってきた。

ビールを次々に注《つ》がれ、じゃんじゃん飲んだ。鰻を食いまくった。

丸千葉がおれを讃《たた》える。丸千葉の婚約者も、可愛《かわい》い笑顔をおれに向ける。

いつもほど食べられなかった。「おめでとう」と言われれば「ありがとう」と返す。その後しばらく会話が続く。しゃべってばかりいた。それも案外悪くないから、ビールだけを口に入れた。

店主が「とっておきだよ」と大吟醸酒の一升瓶を持ってきた。酒が足の指の先まで回る気がした。

これだけ酒を呑《の》むのは本当に久しぶりだ。楽しくて仕方がない。丸千葉がどんどん酒を注ぐ。それをぐいぐいと呑む。

これほどの愉快があるか。これから、大々的な祝勝会もあるらしいけど、こうやって呑む酒が美味くて仕方がない。

丸千葉の婚約者が、あれこれと尋ねてくる。倒れた中国代表を助けたときのことを聞いてきた。おれは自分でもびっくりするくらい冗舌に語った。とっさに身体が動いただけで、

語るものなどないはずなのに、どんどん言葉が出る。

目の前で人が倒れれば助ける。オリンピックだろうがなんだろうが。そのスタンスを、おれはおやじに教わった。丸千葉がおれのおやじを讃える。おれはおやじのことを自慢した。おやじのことなら、ずっと話していられる。

ただし、温子の笑顔に違和感がある。ちょっとこわばってる。

久々に酒を呑んだおれの顔を見て、心配してるんだろう。

そのうち、笑いが止まらなくなった。

テーブルの上の皿が揺れ、酒のグラスが揺れ、温子の顔も揺れている。

19

あまり寝ていないのに、頭はすっきりとしている。二日酔いでもなんでもない。せっかくパレスサイドのホテルにいるんだから、皇居周りを軽くジョギングしようと思った。軽装で部屋を出ようとすると、温子がおれを引き止めた。

「会わせたい人がいるねん。とにかく、一緒に来て」と言う。誰だと聞くと、「すぐに着くから」と取り合わない。温子に急《せ》き立てられるようにホテルを後にした。タクシーを飛ばすからどこへ向かっているのか皆目分からない。

小一時間ほどで着いた。寺のようだった。

小さな池を蓮《はす》が満々と覆っている。相当に暑いけど、和やかな風景だ。

おれたちを迎えてくれたのは坊主頭の住職だった。柔和な顔をした痩《や》せた僧侶だ。案外若い。

「東京オリンピック、誠におつかれさまでした。私も、テレビの前でつい興奮してしまいました」

僧侶が笑う。温子の知り合いだった。大学の先輩だという。温子は顔が広い。おれはもちろん初めて会う。

「疲れが取れていらっしゃらないときに、こんなところを訪れていただき、ありがとうございます」

「いえ、そんな。ええと、なにも聞かされずにタクシーに乗ったもんで。あれですか。クールダウン代わりに、座禅かなんかを組めってことですか」

「いえいえ。温子さんが心配されているとお聞きしましてね。そこで、少しだけ、お話をさせていただこうと思います」

日除《ひよ》けのあずまやがある。そこに腰掛けた。蓮の緑が目に涼しい。気を遣ってくれたのだろう。板の間や畳だと脚が痛む。

僧侶が話を始めた。

「人間は快感を追求します。脳の働きですね。欲望が満たされたり、目標が達成されると、脳に快感物質が放出されます。そういう経験は、われわれ誰にでもあることです」

うなずいた。今のおれがまさにそうだ。

とにかく楽しく、身体がふわふわとしている。おれの脳内は快感物質だらけなんだろう。でも、それは当たり前じゃないか。金メダルを獲ったんだから。

「しかし、快感物質はずっと放出されるわけではありません。ほんの一瞬です。その後は、同じような目標達成などがないと、物足りなくなり、落ち着かなくなったり、イライラしてきたりします。たとえば、事業で成功したお金持ちに、そういう方が多いようですね。より高い目標を課し、達成しようとする。しかし、それも限界があります。どんな刺激にも、脳は慣れてしまう。より大きな快感を求めて、さらに高い目標を目指して、という具合になってしまうのです」

話の先が読めた。

温子が心配していた話だ。

金メダルを獲った、おれの今後のことだ。

おれは右隣りに座る温子の横顔を見た。薄く微笑み、僧侶の顔を見ている。

胸がじんわりと熱くなる。おれのことを本気で心配してくれている。

でも、おれはだいじょうぶ。

ゴールの直後、おれは太郎に襷を渡したんだ。見えない襷だけど。

「そうなると、〝快〟は〝苦〟になってしまいますね。それを紛らわすために、アルコールやギャンブルに溺《おぼ》れる場合も多いのです。ほどほどならば良いのですが、ほどほどにできないのが人間の弱いところです」

阿久さんの顔を思い出した。なるほど。競馬で予想が的中すると、快感物質が分泌されるんだ。でもそれで終わりじゃない。もっともっと当てたいと思う。そういうことだ。

「ほんで、妙に浮かれたり、イライラしたり、そういうふうにならへんようにするには、どうすればええんですか」

温子が言う。僧侶が笑顔でうなずく。

「先ほど言った快感を脳に入れない時間をひたすら作るのです。心安らいでいる状態ですね。誉められても浮つくことなく、非難されても落ち込むことなく。それが真の幸福だとブッダは言っています。それには地道な反復動作がいいのです。手を動かす。掃除や洗濯、料理の下拵《したごしら》え。農作業もいいですね。昔は、そういう動作が日常に多くありました。今は便利になり、時間を使って身体を動かすことが減りましたね」

「ホンマですね。なにからなにまで便利やし」

はい、と僧侶は穏やかに言った。

「実は、走水さんには、まさに釈迦《しゃか》に説法になってしまうことなのです。昔と変わらないこともあります。スポーツです。強度が低くてもいいから身体を鍛えることで、快感追求の悪い連鎖をリセットすることができます」

あっ！　おれは思わず叫んだ。

その話、よく知っている。

あぶさんが教えてくれたじゃないか。いや、その前にも、尚ちゃん先生が教えてくれた。

「無心に走っていると、心のささくれが丸くなってくる」って。

そんなこと、ここまで毎日やってきた。走ることはもちろん、腹筋チャレンジ、ネック、ありとあらゆるトレーニングは地道な反復動作じゃないか。

「しかし、それだと走水さんには、目的意識のスイッチが入ってしまう可能性もありますね。大事なことは、反復動作を行なっているときには、目的意識を持たないことです。たとえば、走るタイムを計ってしまうと、快感物質の登場を許してしまう。タイムが達成できたときに脳に快感が走るからです。……つまり、温子さんは、走水さんの、今後のそういうところを心配しているのです」

「そう言われても。すべてのトレーニングは、目的意識を持たないと。なにも考えないでやっても、成果は上がりませんからね」

「そのとおりでしょう。しかし温子さんの心配は、また別の話なのです。そういう厳しい生活を続けて、最高の目標を達成した今、おそらく最大級の危機が走水さんに襲いかかる可能性がある、ということです」

ぎょっとした。そして少し笑ってしまった。最大級の危機だって。大げさじゃないか。

穏やかな口調で、相当に厳しいことを言う。

僧侶が一つうなずき、ゆっくりとした仕草で温子に右手を向けうながした。温子もうなずく。

「この前、話したことやけどね。これから、どうするの?」

温子が言った。

おれは背筋を伸ばし、太郎に襷を渡したことを話した。

温子にも初めて話す。

早口になっているのが分かったけど、勢いのままに全部を話した。

優一のことも太郎のことも。いろいろ話した。

僧侶は何度もうなずいた。

「タケルとタロウですね。名前としても日本人らしいコンビだと思います。素晴らしい考えです。自己新や世界新といったタイムを縮める方向に足を出さないところがいい。ご自分でも走るけれども、タイムなどの目標からは解放されるというわけですね」

「もともと遅いですから。タイムへのこだわりはないんです。でもコーチになりますから、太郎のタイムは厳しく管理します」

「中学の先生の、『わたしから見た○○君』という課題も素晴らしい。太郎さんは、どんなことを書かれたのでしょう」

太郎は、こう書いて寄越した。「オリンピックに出るって言ったけど、それは男子マラソンのことか？　漠然としていて、そういうところがいい加減でダメなんだ。タケルが出られるんなら、おれだって出られる。おれがおまえに負けるわけがないからな。おれはウソつきが嫌いだから、口にした以上は目標に向かって努力すること」と。

でも、それをここで言うわけにはいかない。

「よく覚えていないんですけど。エラそうな上から目線で、もっと頑張れって」

「いいご友人です。温子さんの心配は杞憂《きゆう》でしたね。次のオリンピック日本代表の枠を、友人のために一緒に獲りにいく、というお考えが素晴らしい」

「あまり、誉めんといてください。誉められる、いうのも、快感物質を出さすんやないですか」

「誉められても心浮つくことなく、です。走水さんならだいじょうぶ。しばらくは誉められ続けると思いますが」

おれは腰を折って頭を下げた。真夏の風が、すっと吹いてくる。

「私も心が華やいできました。少し待っていただけますか」

僧侶はそう言うとあずまやから出た。温子と会話する暇もないくらいに、すぐに戻ってくる。

色紙とサインペンを持っている。

「サインをいただけますか。私も、少しは快感物質を分泌してもいいかと」

僧侶の笑顔がいい。温子も微笑んでいる。

20

おれは南上州にいる。

今夜は実家で大宴会だ。

地元の仲間と優一の墓参りに行った。太郎、尚ちゃん先生、入江監督、鮎川美貴《あゆかわみき》。おれは優一にさっと挨拶《あいさつ》して、一人で走って戻った。

約十キロをゆっくりとジョギングする。熱闘のクールダウンだ。

どこが痛いというわけじゃない。全身が軋《きし》んでいる。

こっちも猛暑だが上州の小麦の匂いがいい。風景が平らで、心がクールダウンする。

レースを振り返ると、東京オリンピックのコースはビルだらけで圧迫感があった。

でも案外、いいコースだった。

ビルの群れの向こうに夏空が見えた。あれが東京の風景なんだと思った。

そして、キモで出てくるスカイツリーと東京タワー。あれはいい。猛暑の東京にそびえ立つふたつの塔。気持ちを引っ張り上げてくれる。

そこへいくとこっちは閑《しず》かだ。平らな風景の向こうにあるのは上州の山々だけ。稜線《りょうせん》が夏の空気に霞《かす》んでいる。

息を乱さずに走り、自宅へ着いた。

祝いの酒が届いていた。会津の酒。三十万先輩からだ。

なぜ実家に？　三十万先輩はおれの行動を読み切っているんだ。大阪のマンションに帰る前に上州の実家に寄るに違いないと。今夜は美味い酒が呑めるぞ！

家中がいい匂いに包まれている。台所が賑《にぎ》やかだ。母さん、温子、美貴が料理を作っている。

八角形の木製机では太郎、入江監督、将《まさる》が談笑している。

将はおれの走りを讃えたあとで、こう言った。

「カーレースでも競輪でも競馬でも、『ここが勝負時だ』と思った時点で、もう勝てないんだ。それじゃ遅いんだよ。超一流は、頭で思う前に動いてる。マラソンもそうだろ。兄ちゃん、よく言うじゃないか。勝手に身体が動いたって。今回もそうなんだろ。だから金メダルを獲れたんだ」

いつもの生意気な口調を、おれはただただ笑顔で聴いた。

すると入江監督が、「理屈じゃない。感性だね。思う前に動ける感性。タケルは感性が抜群なんだ」と誉める。

照れていると、太郎が苦笑して涼しげな眼差《まなざ》しをおれに向ける。

「でも、それで転倒ランナーを助けるのはどうなんだ。感性も、時と場合によるぞ」

あの件に関しては、おれも苦笑するしかない。

今日のメインは天然鰻の蒲焼《かばや》き。メインといっても、うちの夕食は常に宴会のように皿が並ぶから、鰻屋のときのように鰻だけに集中するわけにはいかない。「なにが食べたい？」とにこにこと母さんが聞くから、「枝豆ととうもろこしのかき揚げ」と答えた。母さんの笑顔は金メダルのように輝いていた。天ぷらは母さんの得意種目だ。

さっとシャワーを浴び、二階に上がった。

おやじの部屋のドアが開いている。

中を覗《のぞ》くと、和服を着たおやじが将棋盤を睨《にら》んでいる。

滞在していたホテルから引き上げて帰宅したとき、おやじは外出していた。レース後に会うのは初めて。顔を見るのは「遅い！」と叫ばれて以来だ。

鋭い目がこっちを向いた。その目が、わずかに弛《ゆる》んだ。

〝目力〟に誘われるように、部屋に足を踏み入れてしまった。

「みんなで墓参り、行ってきたんだ」

うむ、とおやじがうなる。目でうながされ、おれは将棋盤の前の座布団に腰を下ろした。

「お盆は賑やかなほうがいい。もう一度、行くんだろう」

声が詰まった。次の一手は、おやじにはお見通しなのか。

「今度はメダルを持って、一人で行くんだな」

うなずいた。

「感想戦か。今日はその約束を取り付けてきたんだな」

おやじの読み筋どおりだ。

お盆は過ぎるけど、もうちょっと待っていてくれ、とおれは優一に言った。

「ニュースを見た。あのＮＨＫのアナウンサー、おまえの大学の後輩らしいな」

ファンキーの顔が浮かんできて、思わず苦笑した。

「彼は見かけに似合わず、気骨がある」

「アナウンサー失格だよ。感極まって、自分の仕事を忘れたんだから。途中棄権だ」

「オリンピックのことじゃない」

「飛松のこと、知ってるの」

「将棋番組にときおり顔を出す。将棋会館にも来る」

そういえばファンキーは将棋好きだと言っていた。しかも走水龍治ファンだと。

「何度か話したが、彼はおまえの後輩ということを言わなかった。普通、記者はそういった関係性を利用して近づいてくるものだ」

おやじの言うとおりなのだろうが……。案外、おやじの気難しさを知っていて、おれとの関係を持ち出すのは損だと思ったのではないか。

「話を戻す。アナウンサーが感極まるということは、視聴者も同じような気持ちを持つということだ」

うん、とうなずいた。

感極まった。ファンキーの様子はまさにそんな感じだった。

「よく、頑張ったな」

え？　耳を疑った。誉められ慣れてきたのに、不意を突かれた。

おやじのそんなセリフ、初めて聞いた。

「おまえは何年も準備してしっかりとした家を建てた。それが苛酷な自然にさらされ、ボロボロになった。なにもかもがはぎ取られた」

なんだなんだ。いきなり家の話をされてもな。

「マラソンとは、そういう競技だ。ボロボロになって競技場へ戻ってきた。そこからが本当の勝負だ。人間力だ」

そういうことか。

あのときはボロボロだったからな。しかし、そんな気の利いた比喩《ひゆ》を使えるくせに、「遅い！」ってのはなんだ。おやじからいろいろとヘリクツを言われてきたけど、あれは史上最強の迷ゼリフだ。

「ええとさ。競技場の前にいただろ。対局には間に合ったの」

「間に合った」

「勝ったの」

「すごいね」

「倅《せがれ》が勝ち切った。親が負けるわけにはいかない」

おやじはあのあと、厳しい対局に突っ込んでいったんだ。

おれはいったん腰を上げて正座をした。おやじが正座だから敬意を表した。

「ええとさ。走ってるときにさ。将棋、やりたくなったんだよ」

「なに？」

「代表になって、考えたんだ。マラソンも将棋と同じだなって」

鋭い目付きがおれを睨む。

「役割だよ。将棋は駒《こま》の役割がはっきりしてる。マラソンも一緒だ。マラソンは個人競技じゃない。団体戦なんだ。コーチ、トレーナー、応援団、医師、栄養士。代表の仲間だってそうだ。多くの人が関《かか》わっている。多くの人が役割を担ってくれている。おれの役割は本番で走ること。そういう意味での代表なんだ」

「いい考えだ」

「今回、強くそう思った。準備期間は長いし、関わる人は多いし」

「そういうことだ。盤上と駒台の駒がすべて働いていないと、厳しい勝負には勝てない」

「大学や高校での出会いも。中学も。育った場所も。なにもかもの代表だと思った」

「そのとおりだ。金メダルはおまえが獲ったわけじゃない。おまえとおまえを支えてくれた人たち全員で獲ったんだ。知り合いだけではない。大学のとき、妙義山《みょうぎ》で遭難しかけたことがあったな。あのとき助けてくれた農家の人もそうだ。あの人が助けてくれなければ、今のおまえはない」

　大学三年の晩秋、箱根5区の山登りの予行演習で妙義山を走った。低体温症にやられて行き倒れになってしまったんだ。そこを地元農家のおじさんに助けられた。差し出してくれたリンゴは本当に美味かった。こういう細かなエピソードを、おやじは忘れない。

　あのときのおじさんは、マラソン中継を観てくれただろうか。

　おれはおやじの目を見た。

　おやじがいなければおれはいないし、おやじがこれほど厳しくなければ、今のおれはいなかった。

「それでさ」

　おれは背筋を伸ばした。

「将棋、教えてくれないかな」

「なに？」

「そういうことを考えてたら、ちゃんと将棋をやりたくなった。太郎とやった手合い。六枚落ちだっけ」

「その後、将棋を指したことはあるのか」

おれは首を横に振った。

今のおやじの質問は、「あのときから、誰かと将棋を指したのか」ということ。小学生のときに将棋盤から逃げ出したことを言っている。

あのとき、おれは全力で逃げた。おやじも裸足《はだし》で追いかけてきた。後を振り返る余裕なんてなかったけど、おやじのことだから全力で追いかけてきたに違いない。

十数年経《た》ち、おやじとおれは将棋盤を間にして向き合っている。

おやじは一つうなずき、盤上の駒をゆっくりと動かした。

「六枚落ちだ。並べなさい」

おやじが「王」をつまみ、手前の真ん中にぴしゃりと打ち付けた。

自陣の駒を並べ終わる。

おやじが背筋を伸ばしている。

「では。お願いします」

おやじが頭を下げた。おれも頭を下げる。

すぐに頭を上げると、まだおやじは頭《こうべ》を垂れている。

高校の時。夕食のテーブルでおやじに詰め寄られた。「おまえの目標を言いなさい」と。高校五千メートルの記録を作ると答えたら「そんなものは目標ではない」と首を横に振られた。

おれは頭にきて、最大最強の目標を口にしたんだ。おやじは満足そうにうなずいた。

あの宣言から十年経ったのか。

おれはもう一度頭を下げた。

自陣の「金《きん》将」が目に入る。

解説

北上次郎

本書は『デッドヒート』の第六巻、つまり最終巻である。いま書店で本書を手に取り、この解説を読み始めたあなた、第一～五巻を未読のあなた、いきなり第六巻を読んでもわからないだろうからやめておこう、と思っていないか。平台から手に取ったものの、じゃあいいかとまた戻そうと思っていないか。ちょっと待っていただきたい。大丈夫なのだ。その理由をいまから書くので、もう少しだけお付き合い願いたい。

正直に書くが、実は私も、第一～五巻を未読であった。この「デッドヒート」シリーズはすべて書き下ろしだが、第一巻の刊行が２０１２年12月。そのときすぐに読まなかったのは、完結してから一気に読もうと思ったからである。第五巻までの刊行月を書いておけば、

第一巻　２０１２年12月
第二巻　２０１３年７月

第三巻　２０１３年12月
第四巻　２０１４年７月
第五巻　２０１５年５月

ということになる。ほぼ三年で全六巻のシリーズが完結したことになるが、その第一〜五巻と、第六巻の本書は、構成がまったく異なる。先に細かなことを書いておけば、このシリーズは走水剛を主人公にしたシリーズなのだが、第一巻は高校生篇、第二〜三巻が箱根駅伝が中心となる大学生篇、第四〜五巻がオリンピックをめざす社会人篇である。ではこの第六巻は何か。本書は２０２０年の東京オリンピックで日本代表となった走水剛が、その最終日に男子マラソンを走る話だ。第六巻はその一日を描くことに丸々費やされている。

しかもその構成がやや異色。物語は走水剛の独白で語られていくのだ。目に映る風景、皮膚が感じる猛烈な暑さについて述懐しつつ、これまでのさまざまなことを思い出しながら、彼は走っていく。「暑い。暑い。暑い」という冒頭の一行から全編が走水剛の独白である。

その間隙を縫って、さまざまな人のインタビューが挿入されていく。まず、中学の清崎尚子、高校の入江薫、大学の油谷賢、社会人の阿久純という指導者陣、そして、相生武仁

（キャベツ農家）、三十万翔（中学教諭）、飛松紀世彦（NHKアナウンサー）などの元修学院大学陸上競技部員。さらには、時崎太郎（中学からの友達、いまは剛のコーチ）や、宮坂奈津（作家、大学の同級生）や、杉晴彦（剛と同期入社で恋のライバル、いまは青葉製薬製品管理部部長）などのわき役たちが続いて、走水龍治（剛の父親で、将棋棋士、九段）という身内まで登場する。物語の重要人物でインタビューに登場しないのは、中学高校と同級だった幸田優一のみ。彼は高校三年のときに交通事故で亡くなっているので、インタビューには登場しない（しかし物語のあちこちに優一は登場して、剛は励まされる。この結構もいい）。

インタビューに登場する一人一人を紹介したいところだが、それは本書に当たられたい。ここでは剛の父親で、将棋棋士の走水龍治を紹介するだけにとどめておく。いつも断定口調の、このおやじはケッサクだ。テレビの将棋解説に出たりすると、「この一手で決まりました」と断言するのだが、次の一手で局面が変化すると、「こちらの勝ちです」とさきほどとは違う相手の勝利を断言する。ではさっきの手ではまだ決まっていなかったということですか、と尋ねられても、「いや決まってました」と意見を変えないから愉快。息子がマラソンの日本代表に選ばれて、「お父様から見て、剛さんの、一番の長所はどこでしょうか」とインタビューされても、「欠点ばかりの男で、長所は見あたりません」とここでも断言したりする。

つまり第一～五巻を未読であっても、ここまでにどういうことがあったのかは、この第六巻で語られるから問題ないのだ。だいたいのことは本書だけでもわかるのである。だから本書を読み終えてから、改めて第一～五巻を最初から読むと実に面白い。相生武仁がキャベツ農家になったのはどうしてなのか。阿久純が実業団の監督を追われたのはなぜか。剛と杉晴彦との間にどういう恋の駆け引きがあったのか。大学時代に剛にファンキーと呼ばれていたNHKアナウンサーの飛松紀世彦は、いったいどんなファンキーぶりであったのか。いまは中学教諭となっている先輩三十万翔にどんなドラマがあったのか。そういう細部を知ることが出来るからだ。なるほどなあ、こういうことがあったのかと、振り返る読書もなかなか面白い。

このシリーズ全体について総括しておくと、なんといっても走水剛という主人公のキャラクターが群を抜いている。本書でもその幾つかの伝説が語られているが、ここでは二つのみ紹介したい。

伝説その1・大学四年のときの箱根駅伝の復路10区、つまり最終ランナーであるのに最後はたすきを外して走る。しかも三校のデッドヒートで、たすきを外す手間がなければ優勝していたと言われる。

伝説その2・大学一年の五千メートルの記録会のとき、前を行くランナーが転倒し、それを助け起こして、大丈夫かと声までかけ、結局は転倒したランナーに抜かれる。

「レース中だろうが、目の前で転んだ人がいれば助ける」とまったく無反省な剛に対して、古くからの友人である時崎は「あのバカ」と言うし、阿久も「アホ」と呼ぶ。オリンピックのレース中でも、同じことがあれば同じことをすると断言するのだから、この青年、ぶっ飛んでいる。本当にオリンピックでも転倒した選手を助け起こすのか、剛。

中学時代に尚子先生の進言で短距離から長距離に転向し、箱根駅伝で数々の伝説を作り、阿久という強烈な個性の持ち主に指導され（このおやじもケッサクだ。真夏のオリンピックは絶対にスローペースになると断言するのだが、ケニア勢がぶんぶん飛ばして全然スローにならない！　おいおい違うぞ）、一流のマラソンランナーになるまでのドラマが、鮮やかに描かれていくから素晴らしい。

最後になるが、細かなことにも触れておこう。本書の途中に「マラソン応援券」というのが出てくる。それは次のようなものだ。

「スポーツ庁が発券する東京オリンピック・日本代表限定のスポーツくじ。一口千円で十八歳以上が購入できる。単勝（三代表のうちだれが何メダルを獲るかを当てる）と複勝（三代表のうち一人を選び、メダルを獲れば的中）がある。なお三代表ともメダルに届かなかった場合、全額が国庫に入る」

２０２０年の東京オリンピックで、本当にこういう「マラソン応援券」が発売されたら面白い。20キロ手前からロングスパートをかけるという秘策を知っていれば、私、絶対に買うだろう。もちろん、「走水剛の金メダル」に一票だ。はたしてこの「マラソン応援券」が当たるかどうかは、本書を読まれたい。

（きたかみ・じろう／文芸評論家）

謝辞
本書執筆にあたり取材の過程でさまざまなヒントを与えてくださった駒澤大学陸上競技部の藤田敦史コーチおよび、日本陸上競技連盟、富士重工業株式会社SUBARU陸上競技部の奥谷亘監督、國學院大學陸上競技部の前田康弘監督、高崎健康福祉大学高崎高等学校陸上競技部の北田初男監督に、心より感謝申し上げます。ありがとうございました。

【主な参考文献】
『三好達治詩集』(ハルキ文庫)
ビートたけし他『60年代「燃える東京」を歩く』(JTBパブリッシング)
春日武彦『問題は、躁なんです』(光文社新書)
小池龍之介『考えない練習』(小学館文庫)
升田幸三『歩を金にする法』(小学館文庫)
『井上ひさし全選評』(白水社)

本書は書き下ろしです。なお、本作品はフィクションであり、作中に登場する人物、および団体などは、実在するものといっさい関係ありません。

Haruki Bunko
ハルキ文庫

す 4-7

デッドヒート Final《ファイナル》

著者 須《す》藤《どう》靖貴《やすたか》

2015年11月18日第一刷発行

発行者 角川春樹

発行所 株式会社角川春樹事務所
〒102-0074 東京都千代田区九段南2-1-30 イタリア文化会館

電話 03(3263)5247(編集)
03(3263)5881(営業)

印刷・製本 中央精版印刷株式会社

フォーマット・デザイン 芦澤泰偉
表紙イラストレーション 門坂 流

ISBN978-4-7584-3958-9 C0193 ©2015 Yasutaka Sudo Printed in Japan
http://www.kadokawaharuki.co.jp/[営業]
fanmail@kadokawaharuki.co.jp[編集] ご意見・ご感想をお寄せください。

須藤靖貴の本

デッドヒートＩ

上州南陵高校陸上部三年の走水剛は、中学時代からの親友・幸田優一と共に高校駅伝の関東大会進出を目指している。将棋八段の父親は超の付く変わり者で、剛との関係は最悪だった。その父親に将来の目標を問われ、思わず「オリンピックだ」と言い返してしまった手前、チームの六番手に甘んじている現状は心苦しく……。破天荒な駅伝選手の成長を描く感動ストーリー、スタート！

須藤靖貴の本

力士ふたたび

現役時代、気っ風のいい突き押し相撲で人気を博していた十両の秋剛士は、怪我に泣かされ、二十代半ばで引退した。それから三年——現在は妻の実家である瀬戸物屋を手伝う芹沢剛士が、相撲界の内幕を暴露する週刊誌の記事に登場した元親方を諌めるべく、そのマンションを訪れたところ……。かつて相撲雑誌の編集者として現場取材を重ねた相撲愛溢れる著者による、渾身の本格相撲ミステリー、書き下ろしで登場。

（解説・大矢博子）

ハルキ文庫